[澳]杰西卡·汤森/著 吴华/译

永泊镇

6

失控的城镇

中信出版集团|北京

图书在版编目（CIP）数据

永泊镇 . 失控的城镇 /（澳）杰西卡·汤森著；吴华译 . -- 北京：中信出版社，2022.4（2023.6 重印）

书名原文：Hollowpox: The Hunt for Morrigan Crow

ISBN 978-7-5217-3434-8

Ⅰ . ①永… Ⅱ . ①杰… ②吴… Ⅲ . ①儿童小说一长篇小说一澳大利亚一现代 Ⅳ . ① I611.84

中国版本图书馆 CIP 数据核字（2021）第 158265 号

永泊镇 · 失控的城镇

著　　者：[澳] 杰西卡·汤森
译　　者：吴华
出版发行：中信出版集团股份有限公司
（北京市朝阳区东三环北路 27 号嘉铭中心　邮编　100020）
承 印 者：北京中科印刷有限公司

开　　本：889mm × 1194mm　1/32　　印　　张：9.125　　字　　数：185千字
版　　次：2022 年 4 月第 1 版　　印　　次：2023 年 6 月第 7 次印刷
京权图字：01-2019-4418
书　　号：ISBN 978-7-5217-3434-8
定　　价：39.80 元

出　　品：**中信儿童书店**
图书策划：**如果童书**
策划编辑：**蔡磊**
责任编辑：**陈晓丹**
营销编辑：**中信童书营销中心**
封面设计：**刘潇然**
内文插画：**杨猛**
内文排版：**颂煜文化**

谨以此书献给乔·劳伦斯和她的朋友米勒夫人
——本书中歌厅女郎、奇鸭女中音的原型。

目录 | contents

I

哥布莱恩图书馆

“欢悦小姐，求你了！”霍桑一早上已经央求了十五遍。从奇迹社团所在的老镇区北区，到哥布莱恩图书馆所在的西区，他一路上都走得不情不愿、磨磨蹭蹭。“我们还是去游泳吧？ 918团就去游泳了！今天多热啊！”

“可我们要去的地方比游泳有趣啊，霍桑，”走在队伍最前面的欢悦小姐也回答了十五遍，“我们要去的是‘老哥布’。快点儿，快跟上！”

“随便她想出多炫酷的名字，”霍桑小声对茉莉安咕哝，“那也还是个图书馆啊。”

徒步穿越老镇区（欢悦小姐坚持如此）真是又累又饿。在路上，他们看见了好几辆挤满顾客的冰激凌货车，一群在喷泉底下尖叫嬉闹的小孩儿，以及腰带花园里一群群野餐的游人——他们坐在无花果树的树荫下畅饮柠檬水，看起来真是惬意极了。夏日的欢乐场景接二连三，霍桑每经过一处都要抱怨哀号，茉莉安只好拽起他的胳膊，拖着他往前走。萨蒂亚更不高兴，她一言不发，慢吞吞地往前挪动，以示抗议（她仍然没跟马希尔和茉莉安讲话。显然，“麦克劳德从不原谅”。）

最后，他们总算走到了梅修大街，一座宏伟的砂岩建筑矗立眼前——茉莉安曾经好几次路过这里，但从来没有进去过。他们三人一组，穿过了高大的旋转大门。茉莉安和马希尔、霍桑走在最后，他们一推门，三个人一起挤了进去，又一起转了出来，哎？怎么还是……梅修大街……

一开始，茉莉安以为他们绕着旋转门兜了一整圈，所以又转出了图书馆……可是，好像不是这么回事。他们确实出来了，确实又站在了梅修大街上，正对着哥布莱恩图书馆。但这一次，这里似乎不太一样……

几秒钟前的梅修大街艳阳高照，酷热难耐，到处都是人。可这一刻的梅修大街清爽凉快，光线昏暗，有点儿像秋天的傍晚，而且没有熙熙攘攘的人群，也没有一丝声响。

“这……我是犯迷糊了吗……怎么回事啊？”茉莉安问霍桑和马希尔。可他俩也同样摸不着头脑。

“快来啊！”欢悦小姐招呼他们。她已经跨上他们刚才走过的台阶，正要往大街上走去。茉莉安有点儿头晕，但为了查到些有趣的东西，她还是朝着列车长跑了过去。

在梅修大街中央，原本种着一排樱桃树的地方，摆着一张宽大的木桌，木桌前方竖着一块牌子，上面写着："借书处"。桌后站着一位女士，她衣着庄重，戴着眼镜，衣领上别着 W 形别针，看到他们走近，似乎不是很高兴。

"就是她！"欢悦小姐大叫一声，热情洋溢地将对方一把抱住，"我的朋友，罗西尼·辛格，哥布莱恩有史以来最年轻的图书管理员！你真棒，亲爱的，我为你骄傲！"

图书管理员趁拥抱的工夫，一脸郁闷地盯着欢悦小姐背后的 919 团。"呃，娜娜……你可没说过你要带随从来啊，"她说，"这些小孩儿来这儿干什么？"

欢悦小姐回过头，看了看茉莉安和 919 团其他成员。"随从？谁？他们？他们来这儿，当然是为了拜倒在知识的祭坛前啊！"

"玛丽娜，"图书管理员严肃地说，"他们年龄不够，不能申请这里的借书证。"

"可是我有啊！"欢悦小姐笑盈盈地拿起挂在脖子上的金属卡片晃了晃。

"玛丽娜，"罗西尼双臂环肩，不苟言笑地从眼镜上方看着她，"哥布莱恩图书馆可不是小孩儿玩闹的地方。"

茉莉安听见霍桑兴奋地压低声音："对对对！"就连萨蒂亚也打起精神来了。

但欢悦小姐咂咂嘴，毫不在意地耸了耸肩。"嘿，看看你……小罗，你这吓人的图书管理员面孔可吓不倒我。我见过你对着镜子练习，练了几千遍呢。哎呀，他们会守规矩的，我保证。是不是啊，919团？”她意有所指地看着大家，大家也只好点了点头（但兴奋的程度大有不同）。

罗西尼绝望地摇着头，黑亮的短发发梢在肩膀上蹭来蹭去。她压低声音说：“娜娜，你这是给我惹祸。我成为正式图书管理员才一个星期，你就让我打破这里最重要的规章。”

“不不！不是打破！”欢悦小姐说，“只是……通融一点点？”

“不行。”

“噢，行了，求你了，”欢悦小姐全力绽放笑容，满嘴甜言蜜语，“你还是守书人的时候，不是一直都放我进来吗？那时候我还没有借书证呢。闭馆以后也可以来，不是吗？”她说着扬起了眉毛。

“嘘！”罗西尼好像吓了一跳似的，眨着眼睛四下张望，生怕有人偷听；不过街上空无他人。她拽着欢悦小姐的胳膊走开几步，压低声音，神色严厉地说着什么。茉莉安佯作无事，但其实竖起耳朵，听得仔细。“玛丽娜，我现在可不是守书人了，我现在是图书管理员啊。我有自己的职责，不能一直为你通融。娜娜，我们都不是小孩儿了。”她扯扯自己的袖子，“天哪，我都穿上羊毛开衫了，你看看！”

欢悦小姐摸了摸那淡黄色的衣袖。“很适合你啊，羊毛开衫，”她轻声说，“眼镜也是。看起来很专业。”

罗西尼忍着笑意，显然这些话让她很开心。“当守书人的时候，我只能戴隐形眼镜，要不然眼镜就会被猴子偷走、被龙卷风刮走什么的。”

茉莉安仍然装出一副心不在焉的样子，但她已经兴奋起来了，同时又有点儿害怕。被龙卷风刮走……

欢悦小姐晃了晃罗西尼的胳膊。图书管理员终于笑了出来。“求你了，小罗，就一个小时。孩子们会喜欢的。我可一直跟他们赞美你呢。他们只是想看看你工作的地方，仅此而已。”

罗西尼瞥了一眼，看见919团真的老老实实地站在那儿，默不作声，规规矩矩。

图书管理员叹了口气：“好吧，就一个小时啊。”

欢悦小姐高兴得一挥拳：“太好了！罗西尼·辛格，我就知道你一定会成功，因为你是七穴最棒的姑娘！”

“好了，听我说。”年轻的图书管理员藏住笑意，转过身面对着919团，她挽了挽黄色羊毛开衫的袖子，扶了扶眼镜，双手叉腰说道，“欢迎你们来到哥布莱恩图书馆。以下这几句话，怎么强调也不为过：这里非常危险。你们必须时刻保持警惕，要一起行动，不要落单。你们要精神集中，听从我的安排，服从我手下的守书人。我们让你跑，你就跑；我们让你卧倒，你就卧倒；我们让你别碰穿马甲的小兔子，那就相信我——千万不要碰，否则没你的好处。”她顿了顿，看着大家。她的眼睛藏在厚厚的镜片后面，像猫头鹰似的瞪得溜圆。“因为那只兔子有狂犬病。”

欢悦小姐轻咳一声。“小罗，行啦。”她小声说。

“好吧，没有狂犬病，”罗西尼说，“但有这个可能。也说不定，他会用警棍打人呢。反正你们不了解情况，只要听话就好。我的话，你们明白了吗？”

“明白了。”919 团没精打采地答道。

“我的话，”她突然大叫，“你们明白了吗？”

“明白了！”919 团也大叫着回答。

罗西尼回到借书处桌后，拎出了一条沉甸甸的多功能腰带，上面配备着一副手铐、一把大刀、一只银哨子、一台对讲机、一卷胶带、几块巧克力、一条皮鞭，以及挂满钥匙的钥匙环。她把腰带紧紧地系在腰上，看得大家目瞪口呆。

“好了，把你们的伞和书包留在这儿，咱们坐车走。”

哥布莱恩图书馆并不只是一座图书馆。

而是另一个世界。

“严格来讲，是无名之域的一穴，紧贴着我们第七穴的一侧，像是伴生物之类的。”欢悦小姐小声解释着，示意大家凑近些。此刻，他们正坐在一辆由厚厚的淡绿色河谷玻璃罩起来的大巴车上，悄无声息地穿行在图书馆里的“老镇区”中。罗西尼告诉他们，这种玻璃是从鸠罗河的河床上开采出来的，是永泊镇现有的最坚固、最耐用的材料。茱莉安觉得，这有点儿像躲在瀑布高塔的水帘后面，也有点儿像沉在海底，大巴车之外的一切都笼罩在朦胧缥缈的绿色里。欢悦小姐继续说道：“是永泊镇的副本。

几乎一模一样，只有微小的不同。它是在十三纪前突然出现的，谁也不知道到底是怎么回事儿。探险家联盟认为可能是有人认错了关口，混乱之中造出了它，不过没有人站出来为此负责。镇政厅只好出面接管，后来，富有四海的哥布法斯勋爵夫妇把这里买了下来——”

“喂，他们的姓应该读作‘哥布法切’。”驾驶座上的罗西尼不耐烦地纠正道。

“再后来，哥布法斯家族的后人就改成了……这玩意儿。”欢悦小姐胡乱地指了指四周。

“这玩意儿”恐怕是茉莉安见过的最了不起的“玩意儿”。这可不容易，因为她来到永泊镇两年多以来，着实见识过不少了不起的神奇事物。

这里的确是永泊镇，但又不完全是。街道是一样的，勇气广场是一样的，矗立着鱼形雕塑的喷泉也在广场正中央。建筑、路标、路灯、长椅，都是一样的。就连邮筒信箱的位置也和永泊镇一模一样。

可是，广场上空无一人，街上屋里寂静无声，喷泉里没有流动的水，树梢上也没有鸟叫和树叶摇动的沙沙声。没有风。空气是凝固的，冰冷的。天空也一直是黯淡的灰蓝色。

在这座城镇图书馆里，代替了人、鸟和树的，是无边无际的书籍。目力所及之处，街上摆满了一排排的书架，足有大楼那么高，书架上陈列着几百万本书籍——不，可能有上亿本，十几亿本。

“这里一直都是傍晚的模样，”罗西尼说，“也总是有点儿冷。我们也不清楚为什么。或许，它出现的时候，永泊镇刚好是这样的时间和天气。它并不是真的城镇，只是特别完美的复制品。还好，这个时间和天气挺舒服。要是顶着大太阳，书的封面可就要晒得褪色了。凉爽的气温也有利于安顿这里的居民。”她耸耸肩，补上一句：“唔，是大部分居民。”

茉莉安举起了手。“请问……居民……是什么意思？”她透过绿色的玻璃看看外面。他们已经走过了一个又一个街区，可根本没看到什么人。

“居民就是书，”罗西尼放慢车速，简单地回答道，“有时它们会溜出来。不过不用担心，有守书人在，他们会把捣蛋鬼都抓起来——啊，到了。永泊镇历史藏书区；属于我分管的‘参考资料、一般纪实作品和特色馆藏区’。”

欢悦小姐跟着罗西尼下了车，但 919 团的成员们一动不动。茉莉安不知道自己是不是和别人一样，一脸受到惊吓的模样，但她确实有点儿害怕。

阿占率先开口：“呃，她刚才是不是说，那些书——”

“有时会溜出来？”安娜伊替他说完了后半句，吓得嘴唇直哆嗦。

“还有，‘居民就是书’，这又是什么意思啊？”卡当斯问。

“她是在开玩笑吧？”霍桑看着茉莉安。但茉莉安也摸不着头脑。

“快点儿！快下来啊！”欢悦小姐催促道。他们只好磨磨蹭蹭地下了车。

茉莉安一下子就忘记了这是户外。高大的书架一排一排，密密匝匝，压得人透不过气，这里安静而肃穆，就像豺镇公共图书馆——她曾去过一两次。

但这里可比豺镇的图书馆大多了。茉莉安左右张望，只觉得大街小巷里的书架根本望不到头。书架之间配置着许多带轮子的长梯，每隔十五米左右，就有一盏河谷玻璃做的煤气灯高高挑在书架探出的钩架上，洒下绿色的光晕。茉莉安好像看见有什么东西从光晕中掠过，或在梯子间跳跃，但她也不确定，这是不是自己想象出来的。

919团似乎被陌生而奇异的环境吓着了，本能地凑成了一团。“你们可以四处逛逛，”罗西尼对他们说，“但是不要离大巴车太远。如果翻书的话，千万要小心一点儿。别弄坏书籍，别在书页上折角，别长时间地摊开，看完了及时合上，放回原来的位置。如果有什么东西跑出来了就喊我，如果真有险情发生，就立刻回到这里，躲到车上。河谷玻璃防得住大部分居民，放心。”

“请问，哥布莱恩图书馆真的收藏着现存的唯一一本《费哲伦地安纲要》吗？”马希尔突然问道，仿佛这个问题已经等了很久，再也忍不住了。

罗西尼赞许地看着他：“精灵语爱好者？”

“通语者。”

“啊！原来如此。是的，这本书的确收藏在哥布莱恩图书馆。不过你今天恐怕看不到了，因为珍稀藏品都在宝剑区。但老镇区也很不错，通语者会感兴趣的。比如克迪利亚大街就藏有八十七卷本《觉醒牧龙人奇幻游记》，古龙雅原版印刷。”

马希尔捂着胸口，发出一种尖锐的声音。茉莉安想，这一定是幸福过头的声音。

“好了，去逛逛吧。”罗西尼说，“我吹响哨子就代表要回到这里集合了。”

大家三三两两地走了，只有茉莉安还在原地徘徊。她想跟图书管理员谈一谈。

“去魔女门看看怎么样？”欢悦小姐问罗西尼。

罗西尼恼怒地看着她：“魔女门？你疯了吗？你想让我带着一群小孩儿去魔女门？”

“唔……那不是儿童区嘛……”

“那是图书馆最危险的区域。娜娜，你明知道那儿有好多恐龙和坏巫师。”

茉莉安睁大了眼睛。

“可是也有小狗啊！”欢悦小姐反驳道，“还可以野餐！你还记得吗，我们和玛菲特小小姐一起去野餐，多开心啊！”

“是啊是啊，玛丽娜，我还记得坐在她身边的那只蜘蛛呢！跟小狗差不多大！”

茉莉安怯怯地咳了一声。“那个……呃，辛格小姐，请问，图书馆里是不是有一片区域是奇迹社团成员专用的？”

图书管理员惊讶地回过头看着她：“噢，你怎么还在这儿！哥布莱恩图书馆确实有一些奇团私有藏书区，看你想去哪一个了。奥术学院的藏书区得到诡奇大街去，凡尘学院的倒是就在一个街区之外。”

茉莉安有些紧张：“那……这些藏书是……私有的？”

“当然啦，不过要我说，这真是没必要。”罗西尼补充道，“我们这儿是图书馆啊，又不是乡村俱乐部——藏书本来就应该人人都可以借阅，不论奇不奇。可我又有什么办法呢？我只是在这儿工作而已啊。”

茉莉安非常赞同这一点，尽管“奇”（指奇迹社团成员）和“不奇”（指奇迹社团之外的人）听起来有点儿傻，而且不太友好。

“你是在找某一本书吗？”罗西尼问。

茉莉安非常想问问她，这里有没有真法学院的藏书区……但显然，不能问出口。

“噢，只是……想看看，唔，奇团的历史。”她含糊其词地答道。但这半真半假的话却让罗西尼释然了。

“原来你是历史学家呀！我想，在菲茨杰拉德大道和菲尔普斯大街交口，应该有几卷书是你感兴趣的。来吧，我带你过去。玛丽娜，看好你的学员，好吗？那个一头卷发的男孩儿一看就是个爬书架爱好者。”

茉莉安跟着罗西尼穿过一排排高耸的书架，跨过一滩滩绿色的光晕。

“其实傲立楼应该藏有我们的新版本——”

图书管理员的话被嗞嗞嗞的嗡鸣打断了，她腰带上挎着的银色小对讲机响了，沉闷的声音随之传来。

“管理员辛格，我是管理员费瑟，是否收到？”

罗西尼拿起话筒，按了一下旁边的小按钮：“收到，科林，怎么了？”

咔啦，咔啦，嗡嗡——“呼，魔女门这里有情况。”对方似乎喘得很厉害。“上周虫疫又爆发了，我们已经处理过了。不过，它们好像往南边去了，说不定会到你那儿去。当心点儿。”

罗西尼抱怨了一声。“收到，科林。联系调度部门，看看能否派一组人到老镇区来。我的人正在军事历史藏书区忙着呢——《鼠李峡战役》昨天自己翻开了，他们还在清理善后。我在永泊镇历史藏书区，带……带几位读者看一看。”

咔啦，嗡嗡——“收到，小罗。我来联系他们。”

“虫疫？”茉莉安一听到这几个字就心慌。虫疫，什么疫情?

“没什么好担心的。”罗西尼把腰带上的所有按钮都按了一遍，像在检查它们是否牢靠似的。

茉莉安皱起眉头：“要不，还是回去吧？”

“真的没什么。”罗西尼笑笑安慰她。“看，到了——奇迹社团史藏书区。唔，你自己在这儿找书可以吗？我得回大巴车那儿去……检查一下。”她语焉不详地说。

茉莉安点了点头，独自往书架深处走去，手指划过一册一册的书脊——《傲立楼：楼苑深深》《从亚伦·艾什比到左拉·齐默尔曼：奇迹社团历任长老功绩史》，诸如此类。

现在，这里只有她一个人，图书馆里本应寂静无声，可她却总觉得有动静。书页翻动的窸窣声。书脊相撞的嘎吱声。书封闭合时柔和沉闷的噗噗声。还有一些她难以解释的声音，比如悠长渺远的鲸歌声，断断续续的音乐声，玻璃碰撞的叮当声。

快走到这排书架的尽头时，有什么东西吸引了她的注意：一条旁逸斜出的小巷巷口，砖墙上挂着一块牌子，上面写着：

恶魔园

注意！

依奇地异境战队及永泊镇联合议政公会之令

此街为红色警戒等级诡计巷道

（内有高危诡计，进入后可能会造成人身伤害）

入内者后果自负

茉莉安猛然一惊，突然明白自己现在在老镇区的哪个位置了。恶魔园。这不是她去年偶然间发现的那条诡计巷道吗？走过去之后就是邪灵黑市！

但是，这里不太一样。好像多出了一些东西，是真正的恶魔园所没有的……至少，是她去年没注意到的。警示牌下面的砖墙上，有一个小小的金色圆圈，茉莉安走近一些，它就开始发光，一闪一闪的，像是应和着她加速的心跳。她指尖上的印痕突然微微刺痛起来。

金色圆圈是因为她才亮起来的吗？它感受到了她的到来，所以准许她甚至邀请她入内？

如果有人想私藏关于真法学院的书籍，那么红色警戒等级的诡计巷道，无疑是最完美的选择。突如其来的归属感让茉莉安难以抵挡，她回头张望一番，确定没有人看到，便走进了恶魔园。

空气抽出肺部的难受感觉和去年一样。但茉莉安心里有数：这就像揭掉橡皮膏一样，越快越好。她闭上眼睛，强忍着想要退缩的本能、胸口的灼烧感和头痛的压迫感，一股脑儿地往黑暗的巷子里冲。几秒钟后，她冲出了巷子，一边大口呼吸一边四下打量。没错，就是这个广场，去年夏天，她和卡当斯就是在这儿发现了邪灵黑市。然而，在永泊镇的副本中，这里没有熙熙攘攘的市集，没有恐怖吓人的走私物品，也没有凶神恶煞的卖家和买家；这里只有数不清的书架和摆在上面的旧书。

甚至还有几分……惬意。和图书馆的其他地方相比，这里似乎更荒凉，像是无人打理；树木遮蔽了书本，藤蔓缠绕着书架。如果这确实是真法学院的藏书处，那么会不会只有奇迹锻工才能进入呢？或许，这里已经有一百多年无人问津了。真是可悲。

茉莉安知道自己不能停留太久，于是立刻钻进一排排书架中，查阅起书名来。其实，她并不知道自己要找哪一本书，可就在她转过弯要拐到另一条走道上时，厚厚的皮质书脊上突然跳出了一个熟悉的字眼儿：

奇点

茉莉安费了好大力气才把这本沉甸甸的书从书架上搬下来。她轻轻地念了一遍书名："《奇型，奇迹，奇观，奇点，奇象：奇迹能应用术全史第一卷》，作者是……莉莉安·皮尤。"

昂斯托得教授撰写的那本书，书名有些不同——《歧途，舛误，败笔，畸变，以及灾难：奇迹能应用术简史》。而且，那本书是"节略的"，专挑那些看起来很可怕的奇迹锻工行迹书写。他是不是改写了莉莉安·皮尤的书，好达到自己扭曲的目的？

昂斯托得教授去世后，他的那本书也不见了。可茉莉安记得，那本书要比眼下的这本更大、更沉。她很困惑：节略本怎么会比全本的篇幅更长呢？

她重新看了看封面上的书名：第一卷。

排在右边的那一册写着：第二卷。

她沿着书架望去，发现同系列的大厚书怎么也得有几十卷——不，是几百卷。她把第一卷放回书架，搬下了第二卷，看到署名仍是“莉莉安·皮尤”。第三卷和第四卷也是。不过第五、六两卷的作者变了，是丹尼尔·米德林－布莱斯，接下来几卷的作者又换成了鲁比·张。

茉莉安兴奋地笑着，她觉得自己的脸都要笑裂了。这兴奋就和她第一次见到《幽灵时段之书》时一样，只是还要放大几百倍。奇迹锻工的全部历史——所有神妙绝伦的成就，每一处奇观、奇点、奇象——都坦陈在她面前。这所有的史书，都是指引她回到过去的灯塔。

她沿着走道跑过去，从书架上搬下了最后一卷（第三百零七卷，作者是萨德伯里·施密德林）。她坐下来，把书放在腿上，翻阅起来。

书中尽是熟悉的名字。格丽泽尔达·伯莱里。拉什班·塔拉兹德。德西玛·可可罗。玛蒂尔德·拉辰斯。布里兰斯·阿马德奥。欧文·宾克斯。以斯拉·斯考尔。艾洛蒂·鲍尔。欧德贝·杰米蒂。他们都是斯考尔那一代的奇迹锻工。他们都死在了勇气广场，死在了斯考尔的手里。

突然，远处什么地方传来了短促、尖锐的哨声——是罗西尼的信号。茉莉安叹了口气，准备把书放回原处。可她犹豫了。她把书推进去，又挪出来，咬着嘴角，踌躇不决。

她还有机会再来读这本书吗？或许朱庇特会带她来，或许索菲亚和路克会带她来……可是，那会是什么时候呢？

哨声又响了。仓促之间，来不及多想，她把书夹在胳膊底下，朝着恶魔园巷口跑去。

片刻之后，她冲出了那条令人窒息的诡计巷道，大口大口地吸着空气，缓过劲儿来就跑回了菲茨杰拉德大道和菲尔普斯大街交口——怀里还紧紧抱着那本皮面大厚书。

“你在这儿呢！”茉莉安吓了一跳，连忙转头去看。只见卡当斯正背倚一盏没点亮的煤气灯，懒洋洋地笑着。不过，她一看到茉莉安试图藏到背后的书就精神起来了。“那是什么？”

“没什么。”

“别骗人了，你在这方面没有天赋。”

“是……是一本关于奇迹锻工的书。”茉莉安只好承认了。现在才想着藏，根本来不及。

“你打算怎么办？”卡当斯从煤气灯下走过来，凑近茉莉安，“你可没有借书证啊。”

“欢悦小姐可以借给我。”

“这种书可不行。贴着黑标呢。”卡当斯指了指书脊，“看到了吗？想借这本书，得有奇团借书证，还得高级长老院签署的八级安全许可才行。欢悦小姐的借书证只有六级安全许可，借不了黑标书。”

“什么？”茉莉安还是第一次听说这些，她心里一沉，“你怎么知道？”

“我奶奶经常来哥布莱恩图书馆。她只有普通居民借书证，所以只能借那些蓝标书，可她喜欢的是神秘谋杀啊重型机械什么的。你换别的书不就行了？”

茉莉安紧紧地抱着那本书，按得手指都发白了：“不行，我就要这本。”

“那就得偷……”

“不是偷！是……是借！”

“不对，只有用借书证借，才叫‘借’。”

“不是有人从陌生人那儿‘借’过一条小狗吗？”

卡当斯耸耸肩：“那可不一样。”

“怎么不一样？”

“不一样之处就是，我擅长这种事，而你不行。”她说，“我知道怎样瞒天过海，没有任何人会发现自己丢了东西。而且……老天，而且这里是图书馆啊！我要是从图书馆里偷走一本书，肯定会被奶奶打死。”

罗西尼的哨子又响了，短促的三声，催得很急。她一路找到附近的走道：“该走了，姑娘们，你们在哪儿？”

“你会告发我吗？”茉莉安轻声道。

卡当斯一言不发地站在那儿，看着茉莉安手忙脚乱地把那本《奇迹能应用术全史第三百零七卷》往夏季斗篷里塞。

“啊！在这儿呢！该走了，时间快……你们在干什么？”罗西尼突然从拐弯处冒了出来，她看见茉莉安用斗篷蒙着一本书，立刻刹住了脚。“你知道偷盗哥布莱恩图书馆的书籍是多恶劣的行为吗？你知道自己会面临怎样严重的后果吗？把书给我。”她提高音调，不可置信地命令道。

茉莉安觉得脸颊作烧。她的大脑飞快运转，搜索着合适的借口，编造着合理的谎言，可最终什么也想不出来。她的脑海里只有一个念头，那就是，要么带走这本书，要么让她读完再走。

她绝望地看着卡当斯，无声地央求着。卡当斯却毫无躲闪地迎着她的目光。

“求你了，帮帮我，卡当斯。”她轻声说。

“我为什么要帮你，”她的朋友言辞犀利，“你最近太奇怪了。你就这么迷恋幽灵时段里的那些奇迹锻工？让我帮你偷书也在所不惜？”

“什么？没有迷恋，没有。”她用力地抱着那本书，不知道卡当斯是不是真的要把她晾在这儿。然而，标志性的白眼说明，这位催眠师最终还是妥协了。

“她什么也没偷。”她用那种不耐烦、懒洋洋的声音对罗西尼说道，“我们只是在聊天。”

“什么？”罗西尼气坏了，“她偷了一本书。我看见了。”

“没有，”卡当斯简单干脆地说，“她没偷。”

“不对，她偷了。”图书管理员坚持道，“她偷了……她拿了……一本书。我看见……”茉莉安听出了混乱和困惑。她屏住了呼吸。

“你什么也没看见。”卡当斯的声音就像一种使人愉悦的嗡鸣，“我们只是在聊天，聊聊……历史什么的。你认为欢悦小姐的学员们非常可爱，非常懂事。你很欢迎我们再来。”

罗西尼摇摇头，像是要甩开脑海里的迷雾似的。“我很欢迎……”

这时，欢悦小姐走了过来。她抱着一大堆书，差点儿看不清前面的路。

罗西尼看着茉莉安，目不转睛地盯了一会儿，额头上挤出了困惑的皱纹，而后，她的脸上泛起了一种赞同、欣赏的茫然。“娜娜，你的学员真可爱。”她说。

欢悦小姐哼了一声。“可爱？别扯了。只是还不错啦。帮我拿几本好吗，小罗？”

茉莉安看着管理员和列车长把那堆书分成两份，各自抱着，沿着街巷往那河谷玻璃大巴车走去。她重重地舒了一口气。

“谢谢你，”她对卡当斯说，“真的，谢谢。我欠你一个人情。”

“你欠我的何止一个人情，偷书贼，”卡当斯咕哝道，“我可一笔一笔记得清楚呢。”

茉莉安和卡当斯赶上大家，和 919 团其他成员一起往大巴车那里走。茉莉安一直躲在卡当斯后面，想把斗篷底下那书形的隆起遮住。

霍桑想用欢悦小姐的借书证多借几本关于龙的书，正在讨价还价。萨蒂亚和安娜伊仔细读着一本医学杂志，热烈地讨论着怎样为骨折的腿上夹板最好。

突然，警笛响了，挂在书架上方的灯也从暗绿色变成了火红色。所有人都愣住了。

茉莉安觉得自己的手脚都僵住了，可她仍然使劲儿地抱着那本大厚书，把它死死地按在自己怀里。

“他们发现了，”她轻声对卡当斯说，“我要被逮捕了！”

“嘘！”卡当斯叱责道。可她脸上也冒出了担忧的神色。

警笛声越来越响……可随之而来的，还有另外一种声音。那声音很怪，尖锐、刺耳，像圆锯锯着金属那样刺刺啦啦的，而后又有点儿像两张砂纸彼此摩擦的唰唰声。

吆吆吆——吱吱吱——

吆吆——吱吱——

“是什么东西啊？”弗朗西斯捂住了耳朵。

吆吆——吆吆——吱吱吱吱——

他们齐刷刷地看向罗西尼，罗西尼却仰着脸，望着书架上方，眼睛瞪得像盘子那么大。

“都到车上去！”她叫道，“所有人！快！”

大家转身就跑，但已经来不及了。河谷玻璃大巴车在两排书架之外，他们只跑了一半距离就没法儿再跑了。919 团、罗西尼、欢悦小姐都停住了，眼前的一幕让茉莉安鸡皮疙瘩直冒，就像突然起了荨麻疹似的。

他们被包围了。虫疫爆发了。

2 书 虫

到处都是。它们从书页的缝隙间钻出来，从下水道的格栅里爬出来，从书架的各个角落里涌出来。数不清的翅膀、眼睛、腿——好多好多的腿——挤挤挨挨，发出巨大的沙沙声，犹如一股滔天巨浪。这些虫子颜色各异，长着很多条腿，一只只都有吉娃娃那么大。

“虫子！”弗朗西斯尖叫起来，“大虫子！”

“观察得不错，弗朗西斯，你可真棒！”卡当斯生气地嚷嚷道。然而，在她一贯的刻薄之下，却翻涌着恐惧，茉莉安也一样——所有人都一样。他们脸朝外紧紧地围成了一个圈，大睁着眼睛，都被这铺天盖地的虫子吓呆了。

“小罗，这些东西危险吗？”欢悦小姐紧张地问。她已经扔掉了怀里的书，双臂张开，护着离她最近的马希尔和萨蒂亚。

“对书吗？那应该……没什么危险……”

“不！小罗！对我们！”

罗西尼一哆嗦：“噢！那应该……非常危险！上个月闹虫疫时，贾格迪什的耳朵被狠狠咬了一口，伊莉莎失去了半个小指。”

“天哪，太可怕了！”欢悦小姐说，“怎样才能击退它们啊？”

茱莉安已经有办法了。她深吸一口气，哼出几个音符，随后跪在地上，冲着大群虫子喷出了一条低平的火绳。919团的其他成员连忙举起胳膊抵挡扑面的热气，一时竟说不清他们是害怕虫子还是害怕茱莉安。她有些为自己的冲动之举后悔，不过，这办法奏效了。

虫群忽地一下子向后退开了。然而，它们似乎被激怒了似的，吱吱吱、吱吱吱的声音更响、更急了。

“玛丽娜，她在干什么！”图书管理员尖叫着，忙不迭地跺脚灭火，“她疯了吗？快叫她停下！”

茱莉安咽了口唾沫，卡在喉咙里的火苗蓦地熄灭了。“我只是……对不起，我只是想——”

“行了，打住吧。后退。”罗西尼忙着灭火。

欢悦小姐抓着茱莉安的肩膀，把她拉到后面：“小罗，她只是想帮忙。”

“是啊，在图书馆里放火帮忙，足够让她出名的了！”

“那我们还能怎么办呢？”欢悦小姐说，“你们通常是怎样对付那些家伙的？”

“我们有机械灭虫拍，”罗西尼一边说，一边盯紧靠近的虫子，沿着弧形缓慢移步，“还有不会伤害书籍的泡沫杀虫剂。可这些东西都在车上。”她按下对讲机上的按钮：“呼叫大部队！诸位守书人，能听到吗？”没人回答。“管理员，有人在吗？科林？贾格迪什？快回答我！”对讲机里没有回应，只有刺刺啦啦的信号声。罗西尼沮丧地咕哝了一声，然后对大家说：“好吧，孩子们，仔细听我说。我需要你们——”

她话还没说完就被安娜伊的尖叫声打断了。一只鞋盒大小、泛着虹光的绿色大虫子越众而出，爬上了她的腿，正沿着她的身体往肩膀上爬……碰到她的头发时，尖叫声越发撕心裂肺，安娜伊死死地闭着眼睛，双手徒劳地挥动着。“快把它弄走把它弄走弄走弄走！”

阿占不假思索地行动起来。他举起一本厚厚的书，猛甩几下，借着惯性把它扔了出去。书擦着安娜伊的脑袋飞了过去，虫子应声而去，在空中划出一条艳绿色的抛物线——噗叽！——撞上了高高的书架。大家看着那肥腻的虫尸重重滑落，翻出彩色的脊骨，黏稠厚重、散发着恶臭的黄绿色内脏糊了一地，就像一个超大的溃烂伤口。

阿占惊恐地睁大了眼睛，弗朗西斯则双手撑着膝盖，当街呕吐起来。

罗西尼也吓坏了，但她完全是出于另一种理由。她哆哆嗦嗦地指着阿占：“你……你……竟然……那本书……你这是破坏公物！”

“这是不得已嘛，小罗！”欢悦小姐也急了。她捡起刚才散落的书本，分发给学员们。“好了，听我的。现在没有灭虫拍，没有杀虫剂，也没有守书人。我们只能随地取材了！”这时，一条长着粉红色斑点的大虫子从上方袭来。她连忙俯下身子，用手里的《永泊镇知名印象派画家及其艺术缪斯》对准了它。噗叽！虫子挨了重击，爆裂开来，黏稠的液体洒了大家一身，场面着实恶心。“来吧！别傻看着了！进攻啊！”

罗西尼望着她的朋友，惊讶得合不上嘴：“娜娜，你不是在开玩笑吧！”

“小罗，要么还击，要么被这些虫子吃掉，”她递了一本《现代巫术百科全书》过去，“你选哪个？”

图书管理员哽咽起来，好像要她选择的是“要不要往祖母坟上吐唾沫”。她抓起一本书，紧紧抱在胸前，闭着眼睛祈祷起来：“请原谅我，哥布法切夫人，请原谅我即将做的事。”

只见她一挥手，飞出去的书不偏不倚地命中了一条长着蓝黑色条纹的巨虫，黏液随即喷出，沿着坠落的方向在空中划出了一道弧线。图书管理员顾不上喘息，左右开弓，连续进攻，几十条巨虫瞬间毙命。茉莉安这下终于明白罗西尼为什么升迁得这么快了：她就是个稳、准、狠的杀虫大师啊！

“向前——”噗叽！“……到车上去！”她一边扔书一边叫。

大家照做了——但是移动缓慢。他们费尽九牛二虎之力，在虫群的包围中拼杀出一条令人恶心的路，朝着河谷玻璃制成的大巴车挪动，身后尽是虫尸和一摊摊黏液。

茉莉安把斗篷底下的《奇迹能应用术全史第三百零七卷》也掏出来了，瞄准卡当斯脑袋上方的那条紫色丑八怪——它嗡嗡地扇着翅膀、咔咔地挥着钳子——只听噗叽一声，虫子被打飞了。她紧接着又瞄准命中了另外三条巨虫——噗叽！噗叽！噗叽！这真是她所经历过的最诡异、最恶心的事。

萨蒂亚和霍桑好像乐在其中，其他人可就未必了。卡当斯身上沾满了黏液，安娜伊的尖叫也停不下来，弗朗西斯似乎控制不了自己的胃，直吐得翻江倒海。兰伯斯躲在大家中间，高高举着双手，全靠阿占和马希尔替她抵挡一波波袭来的虫群。

“罗西尼，”欢悦小姐突然喊道，“快看！”

河谷玻璃制成的大巴车不见了——确切地说，它仍在原地，却已经被成群结队的虫子埋起来了，犹如一座嗡嗡作响、闪着虹光的小山包。

完蛋了。他们怎么可能敌得过那么多大虫子啊！

罗西尼像是吓呆了，但她还是一边挥舞着手里的《百科全书》，一边捞起对讲机大声叫道：“呼叫守书人！所有守书人，能听到吗？快来支援啊，你们这些懒蛋！位置在老镇——”

她的声音被突如其来的警笛声和引擎的轰鸣声淹没了。茉莉安循声望去，只觉得自己的心像是一只欣喜若狂的青蛙，一跳一跳地激动无比。

一辆由绿色的河谷玻璃打造的卡车疾驰而来，朝着蜂拥的虫子冲了过来，碾死了不少，撞飞了许多。卡车后门砰地打开，十几个身穿连体制服的人跳了下来。他们全副武装，脚踩沉甸甸的黑色靴子，背上背着巨大的金属药箱，两只手像举着武器似的擎着喷头。其中一人从卡车里又拎出一只药箱，熟练地塞给了罗西尼。

不可思议的是，领队的是一只身穿粗花呢背心的奇鸵。他比所有人都要高出一倍，覆着层层羽毛的翅膀又宽又大。茉莉安从来没有见过这么长的腿，脚上的爪子又尖又利，就像一对三叉戟。

“真及时，科林！”罗西尼叫道。紧接着她回过头，冲着欢悦小姐和学员们笑了。科林没有理会她，径直走向那群巨虫，同时用力地扇动着翅膀。“好了，这儿就交给我们了！你们——所有人，都到卡车上去！贾格迪什会把你们送回借书处。这里的情况我们来处理。”

罗西尼转身加入了伙伴当中，和守书人、图书管理员一起冲向乌泱乌泱的虫子，一边喷洒粉红色的泡沫杀虫剂，一边像战士一样高声怒吼。

919团踉踉跄跄地爬上了卡车，欢悦小姐关上了厚厚的河谷玻璃车门，插上了巨大的金属插销。

所有人都精疲力竭、灰头土脸，为终于脱离险境而松了一口气……只有萨蒂亚除外，她透过玻璃张望着外面的战况，满怀敬畏地看着罗西尼和那些守书人。只见他们翻转腾挪，大杀四方，黄绿色的虫子内脏四散飞溅，这精彩的对决几乎像是一场排好的舞剧。茉莉安觉得这样的场面有着一种……恶心变态的美感。

不过她还是宁愿躲在河谷玻璃后面。

“我想当图书管理员！”萨蒂亚兴奋地宣布道，全不在意那臭烘烘的黄色黏液正从她的头上滴下来。

“大家……还好吗？”欢悦小姐一只手按着胸口，呼哧呼哧地喘着粗气。

弗朗西斯捂着嘴巴，脸色发青。马希尔瘫在地上——他被黏液滑了一跤，就懒得再站起来了。阿占想蹭掉衣服上的内脏，却越蹭越脏。卡当斯茫然地摇着脑袋，不知是对刚才的一切感到不可思议，还是在回答欢悦小姐“不太好”。

“你也没预料到吗？”欢悦小姐问兰伯斯。

兰伯斯抱歉地耸耸肩：“我什么预感都没有。”

她是唯一一个干干净净、全身而退的人——真是多亏了阿占和马希尔。这会儿，她正躲得远远的，免得蹭到其他人身上的黏液。

“那些是什么东西啊？”缩在角落的安娜伊颤巍巍地问道。

“书虫，”欢悦小姐平复着呼吸答道，“算是一种昆虫。有一本书名叫《大坏虫全书》，其中收录了世界上最大、最丑的昆虫。因为书中的图片很棒，所以受到了大众的关注。人们不断翻阅它，书页开开合合，于是坏消息来了——大约一年前，一些虫子趁人不备溜了出来。守书人来不及采取措施，虫子就开始大量繁殖了。小罗说，虽然守书人不停地喷药消毒，但每隔几个月还是会爆发虫疫。最糟的是，他们现在再也没办法把虫子赶回书里了，只能杀光了事。”

霍桑凑到茉莉安身边，脸贴着玻璃门，忧心忡忡地看着外面的战况。他哆哆嗦嗦地说：“我……我们应……应应该出去去……去帮帮帮忙……”

茉莉安看看霍桑，发现他的衣服都湿透了。于是她将两手捧成碗状，喷出一小股温暖的火苗，让它在自己的手掌上跃动——这一招是上个星期跟拉什班·塔拉兹德学的。

“谢了。”霍桑把手拢到火苗旁边，搓了搓。他抬起头，略带笑意地朝着那些守书人努努嘴：“他在干什么呢？”

他指的是科林。唯独那只奇鸵没有配备武器，当然，他也的确不需要。那双长着爪子的大脚就是他的武器，用起来“得心应脚”、效率很高。他的腿朝后弯着，黑白相间的宽大翅膀挥动着，勇猛地又是踢又是扇。

只是……他的攻击不太精准。他没有像罗西尼或是其他守书人那样仔细地瞄准目标，反倒像是……有些发狂。他的眼睛里充满了疯狂和恐惧，动作完全失控了。

隔着绿色的河谷玻璃，茉莉安一时分辨不清，但她可以肯定，奇鸵的眼睛也闪着绿光。

“欢悦小姐！”她立刻向忙着安抚弗朗西斯的列车长报告，“你快来看看——”

“熄灭！快熄灭！”兰伯斯突然叫了起来。她惊恐地盯着茉莉安手里的火苗。

但这警告已经迟了。

说时迟那时快，转瞬之间，三件事接连发生了。

第一件事：卡车外，科林用爪子狠狠地戳向了罗西尼的胸口，痛得她失声尖叫。

“小罗！”欢悦小姐叫了起来。

第二件事：突然袭来的恐惧攫住了茉莉安，而手中的火苗应和着她的心境，咆哮着越燃越烈，越发明亮。火苗燎着了霍桑的眉毛，沿着茉莉安的手腕蔓延，看上去就像一副烈焰手套。她惊惶地抖动双手，想把火苗扑灭。

第三件事：突然腾起的火光吸引了科林的注意，他暂停了攻击，转身面对着卡车，仰起脖子，将嘴巴探向半空，就像狼在嗅着猎物的气味。他的眼睛死死地盯着 919 团，随后猛地冲向了卡车，速度之快完全超出了茉莉安的想象。

正如罗西尼所说，河谷玻璃非常坚固，承受住了勇猛的攻击。科林腾空狠踢，接着又用脑袋撞击，他不停地又踢又撞，力气之大足以伤到自己。可他还是没有停下。他停不下来了。他已经彻底疯了。

“后退！离门远些！”欢悦小姐叫着冲上前去，挡在了学员和玻璃车门之间。

守书人显然都受过良好的训练，应对紧急情况不在话下。短暂的惊慌之后，他们分成了三组：一组继续对付书虫，一组试着控制科林，另一组去抢救倒地不起的罗西尼。六七个守书人一拥而上，将科林从卡车边拽开，把他按在地上。守书人已经精疲力竭，可科林还在疯狂地挣扎着。

“卧倒！趴下！”欢悦小姐命令道。她跑向卡车前头，翻过锁着的挡板坐进了驾驶座。“我得送你们离开这儿！”

“罗西尼和其他人怎么办？”茉莉安焦急地问道，“不能丢下他们不管啊！”

萨蒂亚伸手去拨车门上的金属插销：“我们得出去帮忙！”

“萨蒂亚·麦克劳德！别碰车门！”欢悦小姐严厉地阻止道。引擎发动了。“卧倒！所有人！立刻卧倒！”

卡车猛地向前冲去，还没卧倒的人全都被甩得七晕八素，不得不卧倒。欢悦小姐驾驶着卡车，沿着来时的路线横冲直撞，有好几次差点儿撞上那些高耸的书架，但她不管不顾，只是朝着借书处疾驰。919团鸦雀无声，静静地听着车载对讲机里断断续续的声音。欢悦小姐只有在叫救护车时才露出了一丝恐惧。茉莉安的脑海里还是罗西尼倒在地上的那一幕——遭到朋友攻击的她重伤在身，困惑在心。茉莉安希望图书管理员平安无事。

“好了，走吧。”欢悦小姐把车停在了梅修大街街口，“所有人，下车，离开图书馆。我要回去找小罗了。”

四五名学员顺从地打开车门，下了车，其他人却嚷嚷着抗议起来。

“欢悦小姐！我们不能丢下你！”

“你不能一个人回去！”

“我们必须帮——”

“安静！”大家立刻闭了嘴。茉莉安从没见过这样严厉的欢悦小姐。“听好了，从旋转门出去，不准再进来。我需要你们守在图书馆外面，不要让任何人进入。可以在梅修大街上等我，但绝对不准进来。听懂了吗？”

“可是——”霍桑还想争取。

“听懂了没有？”

919团只能不情不愿地照做，往图书馆出口走去。

“茉莉安，等一下。”欢悦小姐攥住了她的手腕。

“乘伞轨车回家去，越快越好。把这里发生的事情告诉朱庇特·诺斯队长。告诉他科林的情况，让他……”她顿了顿，粗重地呼吸着，像是在给自己加油打气，“让他带潜行特勤来。”

3

永泊镇热心党

他们在哥布莱恩图书馆闯了祸，其后果之严重，影响之广泛，大大超过了茉莉安的预想。从事发转天直到暑假，她再也没有见到过欢悦小姐，据朱庇特说，因为带着学员们外出陷入危险，诸位长老和助教把他们的列车长狠狠骂了一顿。

“那不怪她啊。”星期六早上，茉莉安一边咕哝一边用黄油刀戳着面包。天色还很早，员工餐厅里只有她和朱庇特两个人。桌上摆满了他俩喜欢的美食——松饼、面包、华夫饼、香肠、煎蛋、蓝莓果汁——可谁也无心享用。“欢悦小姐不该受到惩罚，是我和马希尔提议去哥布莱恩图书馆的。要是听霍桑的就好了，要是去游泳就好了。”

我甚至还偷拿了一本书呢，她郁闷地想道。

和书虫一通混战之后，她狼狈地爬上卡车，那本《奇迹能应用术全史第三百零七卷》早就不知道丢到哪儿去了，说不定已经被虫子内脏和杀虫剂泡沫毁掉了。原本捧在手上的史书，就这样消失了。也许永远都无法复原了。

“欢悦小姐承担了全部责任，这是无可厚非的。”朱庇特说，“小茉，她是成年人，应该知道不该把一群十三岁的孩子带到镜穴之域去。阈境中很容易出事。”

茉莉安丢下烤面包，抬起头问：“阈境是什么？”

“类似某种……中间的隔层。一个空间和另一个空间之间的门槛、隔断。比如诡计巷道就是一种阈境——不稳定，不可预测，正常的宇宙规则在其中并不适用。”

茉莉安告诉朱庇特，在地下九层，那些有名字的空屋走到底，就有一扇锁着的大门，上面标着“阈境大厅”字样。“你觉得那会是什么呢？”

朱庇特皱着眉头，思考了一会儿。“说实话，我不知道。但我强烈建议你，离那屋子远一点儿。我刚才说了，阈境很危险。哥布莱恩图书馆就是我所见过的最危险的阈境之一。我原本打算，至少等你年满十五岁再带你去那种地方。反正近期你也去不了了，永泊镇议会已经下令关闭哥布莱恩图书馆，何时开放另行通知。”

这下，茉莉安更沮丧了。她本来还希望事情平息后，朱庇特能带她再去一趟呢——就算第三百零七卷毁了，也还有其他三百零六卷史书藏在恶魔园的尽头呢。

“罗西尼还好吗？”茉莉安心里非常内疚。她骗了她，而且还眼睁睁地看着她被发了疯的奇鸵踹倒在地。

“那个图书管理员吗？”朱庇特愣了一下，“她……伤得不太严重，不过还是被送到教学医院了，欢悦小姐一直陪着她呢。至于她的奇鸵朋友，情况就不容乐观了。他把自己弄得遍体鳞伤，当然，也在教学医院里接受治疗。”

他盯着面前那杯早就凉透了的咖啡，若有所思。“如果知道他感染了，我们肯定就能防患未然，避免这次袭击。要是有一点点线索，一点点警示，哪怕是蛛丝马迹也好，早些行动起来就能帮助他了。”

茉莉安端详着她的资助人，只觉得他满脸都堆着疲倦。为了永泊镇市集的开幕式，他已经一整夜都没休息过了。

为了维护夏季市集的安全，潜行特勤派出大批警力，密切关注奇迹动物的行为。朱庇特也陪着他们一起巡逻，在人群中搜寻“黑洞”——空心痘疹病毒会吞噬感染者自身的奇迹能，所以他们四周的气息会有不同。在过去的几个星期里，朱庇特用这种方法成功阻止了三起袭击。潜行特勤对感染病毒的奇迹动物实施了保护性拘留，这样当病情发展到重症期时，他们就能被隔离起来，避免伤害他人——以及自己——而且布兰布尔教授和露维奇教授也能够在重症期前研究感染者体内的病毒。教授们采集了感染者的血样，并且问了一些问题，比如他们去过什么地方，接触过什么人，出现过什么症状。

然而，他们收集的数据和信息越多，就越是感到困惑：空心痘疹何以传播得如此迅猛？三位感染者当中有一位奇雉，他刚刚结束一次止语静修，整整一个月都没跟任何人联系过，更不用说可疑的奇迹动物了。可既然如此，他又是如何感染的呢？

索菲亚作为社区联络员加入了专案组，负责援助奇团之外的奇迹动物，帮助他们避免感染。她的建议是，在专案组掌握更多情况之前，尽量待在家里，不要出门……可是，如果自家大门根本挡不住空心痘疹，那么闭门不出又有什么用？

在他们所能动用的一切工具中，最有效的，就是朱庇特作为见证者的天赋。他不可能同时出现在所有地方，因此也就不可能阻止所有袭击，但他却把所有失败归咎于自己——阻止了三起，同时漏掉了十几起。茉莉安看得出来，这重负正在给他造成伤害。

“现在我们得到的信息可真够多的，”他罕见地冷笑着说，“多得快要把人淹没了。真的，假的，谁在乎呢？反正我们又不是什么‘永泊镇热心居民’。”

茉莉安低头看了看那张海报——是朱庇特从勇气广场的灯柱上撕下来带回家的。她读了几十遍，每一个字都让她感到彻骨寒冷。

注意！

你正遭受空心痘疹的威胁！

奇迹社团不愿承认——

此时此刻的永泊镇，

有数千奇迹动物已然感染，处于病毒潜伏期。

你和你的家人随时可能倒在他们的疯狂攻击之下！

奇迹社团不得不承认——

空心痘疹的早期症状几乎不可能察觉。

你的亲朋好友或许早已有人感染！

留意以下症状：健忘，食欲旺盛，烦躁，有攻击性。

如怀疑朋友、邻居、同事、家人有感染可能，

你有责任立即向永泊镇警察局报告。

保持警惕，注意周遭，不要犹豫，

一旦怀疑，立刻行动。

永泊镇热心党劳伦特·圣詹姆士出资印刷

海报上列出的症状与奇迹社团公布的一致，但并不完全一样。它们或被缩写，或有缺省，一下子就宽泛了许多。

健忘，食欲旺盛，烦躁，有攻击性？919团有一半人都时不时地有这些小毛病。如果以这些含糊不清的症状作为标准，有多少奇迹动物会被错误地指认为感染者？

最让她感到恐惧的是海报的最后一部分：注意周遭，不要犹豫，一旦怀疑，立刻行动……这个打着“热心”旗号的家伙，似乎想煽动大家掉转枪口，针对奇迹动物。

每一位。所有的。

“这个劳伦特·圣詹姆士是什么人啊？”茉莉安问。

“是个有钱的傻瓜，”朱庇特咕哝道，“乡绅贵族，比如勋爵、子爵什么的。这人现在成立了自己的党派，叫‘永泊镇热心党’，专门热心掺和那些跟他们没什么关系的事儿。我说，你倒是吃点儿东西啊。”他把盛着松饼的盘子推给茉莉安，茉莉安又推回去了。

“你才应该吃点儿。这个人怎么知道这么多空心痘疹的事儿呢？我还以为公共离神事务局一直做着保密工作呢。”

“如今已经没有秘密可言了，小茉，哥布莱恩图书馆的事情根本藏不住啊。”他咬了一口干巴巴的面包，直眉瞪眼、不情不愿地往下咽。“反正事已至此，几个星期以来，各种消息早就满天飞了，公之于众也只是时间问题。”

茉莉安突然想起了一件事。“星期四那天，我们在环镇大道上看见一个男人，他举着扩音器大嚷大叫。他说奇迹动物是‘可憎的东西’，还说他们是……什么来着？‘反常变态的’！这是什么鬼话啊！”

朱庇特拧起眉毛：“是不是西服革履的，挺华丽挺时髦？”

“对。”

“就是他。劳伦特·圣詹姆士。他最喜欢登上演讲台大吵大闹了。他这是故意制造麻烦。”

一位餐厅员工来收盘子。朱庇特叹了口气，把那些没动过的食物都让他收走了。

夏天像旋风似的飞驰而过。每一天，街上都冒出更多的海报；每一天，热心党都聚众集会，通过收音机广播他们的主张，怂恿人们掉转枪口，对准亲朋友邻中的奇迹动物。关于空心痘疹的谣言愈演愈烈，政府害怕引起恐慌，并没有正面回应，反而让奇迹社团继续压制事态。官方信息的缺乏让本就糟糕的情况雪上加霜，谣传、误传犹如野火般蔓延，渐渐地，所有人都不知道究竟该相信哪种说法了。

朱庇特继续协助潜行特勤辨认感染病毒的奇迹动物，每个星期五晚上还要跟他们一起到市集上去巡逻。要是在人数上千的群体中发生袭击事件，那么其连锁反应是不可估量的，很可能会引起踩踏事故。朱庇特甚至把杰克也拉去帮忙了。他的侄子身为见证者的本领日渐精进，被戏称为空心痘疹专案组的“宝贵财富”。

每个星期六清晨，茉莉安都会在吸烟室里和杰克、朱庇特碰面。三个人坐下来，沐浴在迷迭香的香气中，享用一顿丰盛的早餐，喝点儿茶、聊聊天。

令人不快的是，朱庇特禁止茉莉安参与今年夏天的市集；令整个919团不快的是，他联系了各位资助人和家长，提出了相同的建议。他说逛市集风险太大。虽然市集上的奇迹动物比往年更少——大多数都收到通知，留在家里，自我隔离——但仍有不少外出活动。他们有的需要出门谋生，有的则不了解事态紧急，或压根儿不在乎。还有一些奇迹动物，走出家门是为了抗议永泊镇热心党的主张。

“既然这么危险，干脆取消今年的夏季市集不就得了？”杰克曾问过朱庇特。

“如果你能说服永泊镇商会放弃他们的年中经济刺激手段，那就请吧。”朱庇特回答道，“相信我，我们试过了，没用。眼下能做的就是出去巡逻，在麻烦出现之前解决它。”他捏着杰克的肩膀，深沉地直视他的眼睛。“你不知道你帮了多大的忙，小杰，我真为你骄傲。”

朱庇特还请来另外两位见证者一起帮忙，那两个人都是他在永泊镇外认识的。到目前为止，他们已经在市集上发现了十六名感染病毒的奇迹动物。茉莉安看得出来，尽管这项工作费心费力，但杰克很乐意参与其中。

在他们带回来的消息中，最糟糕的不是哪个奇迹动物攻击了别人，而是开始有人无端攻击奇迹动物。在糖果街的一家按米出售手拉焦糖的货摊上，一个男人大呼小叫地要把一个十岁的小奇兔赶回家，朱庇特不得不出面，把他轰走了。在南区，一伙儿暴徒毁了一家玻璃店，把精美的玻璃制品砸得稀烂，奇猪店主伤心欲绝。

每星期五晚上，热心党人都会在环镇大道上的同一个地方举行集会。他们向公众宣扬仇恨言论，而前去围观的人越来越多。朱庇特和潜行特勤想把他们轰走，但警察却说，这些言行完全合法，他人无权干涉。朱庇特的愤怒与日俱增，到了第七个星期的星期六，他凌晨时分回到丢卡利翁大饭店时，已经气得脸色铁青、浑身冒烟了。

“……没教养的笨蛋！丑绝人寰的发型！发育不全的矬子！”他和杰克走进吸烟室时，终于忍不住破口大骂。

“是啊，是啊，谁说不是呢。”杰克睁大眼睛，揉着太阳穴，瞥了一眼茉莉安，感激地接过了她递来的洋甘菊茶，“你说过了。”

“我真想扯过他的扩音器，暴打他的——”

“这也说过了。说过好多遍了。”

“……鼻子！”朱庇特叉着腰，来来回回地绕着圈子，胸脯剧烈地起伏着，“告诉你吧，他这么做，只能让自己和市集上的人陷入更大的危险！可笑他竟全然不知！每个星期都有更多的奇迹动物涌向环镇大道，抗议他的狗屁言论。他们当中任何一个都可能是感染者，都可能向他发起攻击！说实在的，真有那一天也是他活该！”

“热心党恨不得有人受伤呢，”杰克叹气道，“想想公众会有什么反应啊。”

“下个星期我能去吗？”茉莉安问，“我想去帮忙。”（也想在夏天结束前看一眼市集的模样。）

“绝对不行。就连杰克下星期也不能去。”

杰克掀开眼罩：“我也不能去？”

“他也不能去？”

“对，他也不能去。”朱庇特转向杰克，重复了一遍，“对，你也不能去。”

“我们昨天晚上还阻止了两起袭击呢！”杰克气呼呼地坐直身体，瞪着他的叔叔说，“要是没有我，你都发现不了第二个感染者！”

“你确实很出色，”朱庇特承认道，“要是没有你，这个夏天我们也扛不过去。但是我有一种很不好的预感，下个星期五，可能会出事。那可是市集的最后一晚，热心党势必要铆足力气，像捅马蜂窝一样惹事。布兰布尔教授已经得到消息，一些激进的奇迹动物权利活动家正在酝酿某种方式的回应。如果双方真的发生冲突，我可不希望你们俩也在场。”

“可是我能帮忙啊！”杰克按着胸口，急切地说道，“你需要我！”

“如果我真有什么需要，那也是需要你安全。”他歉意地笑了笑，看着杰克和茉莉安，“还有，我之前告诉弗兰克，因为今年夏天情况特殊，他的日程表受到了很大影响，所以作为补偿，可以在我出门办事的时候举行一场小型宴会……显然我这话有些不明智……其实我很需要你们俩守在这儿，看着他，别让他弄得整个饭店一团糟。”

杰克张了张嘴，想据理力争，但最终还是摇摇头，什么也没说。他和茉莉安都知道，朱庇特已经决定的事，再怎么争论也没用。杰克站起来，朝着门口走去。“那就这样吧。我去睡觉了。”

“杰克——”

“我说了，就这样吧。”

门砰的一声关上了。茉莉安和朱庇特尴尬地坐在那儿，寂静无声地喝着茶。终于，他倒在躺椅上，疲惫而沉重地长长一叹，闭上了眼睛。

“我也不想这么烦人，小茉。我只是……得对你们负责。”

茉莉安思考了一会儿：“一码事。”

至少，这句话让他笑出了声。

当天夜里，茉莉安被吵醒了——嗒、嗒、嗒，卧室里那扇黑色大门外传来了轻轻的敲门声。她瞥了一眼挂钟：十一点半。

嗒、嗒、嗒——

她掀开被子起身，走过房间，将手指上的印记按向门中央闪光的圆圈。她蹑手蹑脚地穿过没开灯的更衣室，一边打哈欠，一边拉开了通向919站台的门。

一开始，她没看见什么人，后来有个轻轻的、平和的声音从下方脚边传来，把她吓了一跳。

“晚上好，茉莉安。暑假过得好吗？”

“索菲亚！”她揉揉眼睛，醒了醒神。她真没想到索菲亚竟然会来——事实上，在暑假的星期六夜里，她根本没想过有人会出现在这里。“呃，还……还不错，谢谢。我……怎么，出什么事了吗？”

“没有没有，什么事也没出。”索菲亚连忙安慰她。但茉莉安觉得，她的声音里似乎有一种兴奋的战栗。“只是想给你看一样东西。”奇狐跑向停在站台旁的黄铜吊舱，回过头招呼道：“咱们得快点儿！快来！”

地点	参与者及事项	日期与时间
傲立楼，屋顶，南端	格雷斯·葛柏丽、阿维斯·古、亨里克·赖纳 由葛柏丽为古和赖纳教授“烈焰”真法高级课程	勤勉纪， 第四年夏，第七个星期六 23:42—01:15 （年）

在凉爽漆黑的傲立楼屋顶上，茉莉安和索菲亚跨进空中的光箔，时空一阵战栗。

夜色突然明亮如火。

两名年轻的奇迹锻工正看着他们的老师展示烈焰真法。那个女人个子很高，身材窈窕，一头红色的长发在风中飘动，光影中的轮廓相当骇人。她的烈焰，是茉莉安从未见过的。

“那是格雷斯·葛柏丽，”索菲亚告诉她，“后面两个是她的学员，阿维斯·古和亨里克·赖纳。”

茉莉安将目光从那神奇的景象上移开，低头看着索菲亚：“这个格雷斯·葛柏丽，是不是有点儿……可怕？她是不是——”

“呼吁囚禁所有奇迹动物？”索菲亚替她说完后半句，“是啊，在这一点上她的确讨厌。不过她的烈焰真法非常精妙，可能是我见过的最好的。”

格雷斯送出一簇小小的火苗，让它在风中飘舞。火苗蜿蜒缠绕，围着阿维斯和亨里克打转，看似危险地贴近他们的头发、衣服和皮肤，却没有伤到他们一分一毫。一簇接一簇，一撮又一撮，很快就有几十团细小的火苗飘浮在空中。它们小巧玲珑，像随风而来的蒲公英，却又完全不受风的摆布。它们服从命令，每一个角度，每一个片刻，都彻底臣服于聚精会神的格雷斯·葛柏丽。

火焰在她的指尖舞动。它伸展，变形，在空中变幻成各种形状，犹如水下悠游的鱼。

“哇——”茉莉安不禁惊叹。

“我就知道你一定喜欢。”索菲亚的眼中映着火光，她轻声说道，“只要到了这天夜里我就会来看看。这已经是第七次了。这样的景象总是能让我忘记呼吸。”

格雷斯·葛柏丽的表演，虽然不像直冲九霄的火鸟那样具有视觉冲击力，却同样令人叹为观止。只有深知烈焰真法原理的人，才能明白这样危险而精确的演示是多么难能可贵。每一分每一秒都在格雷斯的掌控之中。茉莉安既钦佩又欣赏，同时也有些沮丧。

“我永远也不可能做到啊，”她轻声说，“哪怕能活一百岁，也达不到这样的水准。”

“如果你能活一百岁，茉莉安，你肯定能做成很多了不起的、不可思议的事。”索菲亚顿了顿，又说，“身为奇迹锻工，你的寿命可远比一百年长。格丽泽尔达·伯莱里就活了将近三百岁。奇迹能是非常棒的长寿神药。”

茉莉安惊讶地睁大了眼睛。她知道以斯拉·斯考尔已经活了很久，尽管他看起来仍然像一百年前被驱逐出境时那样年轻。可是，三百岁？她也能活三百岁吗？到时候，只剩她自己还在奇团出没，而朋友们早已不在了？她真不愿意去想。

演示仍在继续。格雷斯边讲边做，鼓励两个学员也模仿起来。他们试了试（非常笨拙，不尽如人意），茉莉安也试了试（非常笨拙，不尽如人意）。

和茉莉安见过的其他老师不同，格雷斯没什么耐心。她不会放慢动作，也不会重复演示，更不会停下来等阿维斯和亨里克跟上进度。她是那种毫不留情、铁面无私的老师。

茉莉安凑近了一些，想撇开精妙的演示，透过火焰去看操控一切的那个人。这时她注意到了一些细节，是之前那些奇迹锻工演示时没有的。

格雷斯呼气喷火时，将头偏向一侧，形成特定的角度。茉莉安照猫画虎地试了试，立刻就觉得喉咙通畅，呼吸起来清爽多了。

有时候，格雷斯似乎是同时用鼻子吸气、嘴巴呼气的。茉莉安觉得这根本不可能做到。

“索菲亚，你有没有看清她是怎么做的？”她示意奇狐靠近些，“她是同时吸气、喷火的，这怎么可能啊？”

索菲亚惊叹一声：“真是精彩啊！这叫‘循环换气法’，非常难，但也是可以学会的。有些音乐家和歌剧演唱家就可以做到。哎呀，我以前怎么没注意到呢！茉莉安，你观察得真细致啊！”

渐渐地，幽灵时段变得暗沉、浅淡，这意味着结束的时间就要到了。几秒钟后，格雷斯·葛柏丽和她的两个学员消失了，屋顶上由烈焰带来的温暖也消散了。

“你会介意吗？”茉莉安问索菲亚。最后一点儿火星也熄灭了，凉爽的夜风吹过，她不由得打了个哆嗦。“格雷斯·葛柏丽。我是指她对待奇迹动物的态度。”

索菲亚用毛茸茸的大尾巴裹紧自己的身体，似乎思考了一会儿，然后才答道："七年前，我第一次在书里翻到了这段幽灵时段，当时来屋顶，只是想看看她是个什么样的人。我原本以为她会是那种眼睛乌黑的丑老太太呢——"索菲亚突然停下了，她不好意思地看了看茉莉安，"噢！对不起，我不是故意——"

茉莉安哼了一声："一点儿也不冒犯。继续说吧。"

"抱歉。"她说，"反正，我就是带着仇恨和蔑视来到这儿，想狠狠地奚落她一番。可我却发现，她很可能是前无古人的烈焰大师！"

"那一定很困扰你吧。"

"非常困扰，"索菲亚说，"我当时简直怒不可遏。在接下来的一整年里，我一直非常生气——上天竟然将如此独特的天赋赐予了这样可恶的家伙！可是到了第二年，我又来了，我意识到，绝不能让这么精妙绝伦的技能仅仅属于那个恶人。那是莫大的浪费，我绝不允许。有朝一日，我一定要让那烈焰物尽其用。"她凝视着茉莉安，认真地说："后来，你出现了。那么，茉莉安·克罗，告诉我，你从这节课里学到有用的东西了吗？"

"学到了。"茉莉安真诚地答道。她在心里暗暗记住，要问问钱达夫人"循环换气法"是怎么回事。"我学到了。"

"很好。"索菲亚点点头。她转过身，冲着刚才格雷斯·葛柏丽待过的地方骂了一句："等着瞧吧，你这讨厌的老太婆！"

茉莉安咧开嘴笑了。

4

夕阳大联欢

身为永泊镇最著名饭店的活动策划师，弗兰克是整个地区无可争议的“宴会党”主席。然而，今年夏天，他的情绪一直很消沉。由于空心痘疹的肆虐，大大小小的活动不是从简就是推迟，大部分更是直接取消了。朱庇特不愿意将客人和员工置于险境，也不愿意将奇迹动物朋友们排挤在外。所以，今年夏天的丢卡利翁大饭店一片寂静……只有弗兰克没完没了地大声嚷嚷，抱怨这样实在太不公平。

哀号了几个星期之后，朱庇特终于让步了，他同意弗兰克为住在饭店里的客人们举办一场小型主题晚宴。

于是，趁朱庇特全身心地扑在专案组的工作上，弗兰克往宾客名单上添了几位——都是重要的常客和丢卡利翁的老朋友。

到了这周，茉莉安突然注意到，弗兰克不再将计划中的活动称为“晚宴”，而是称为“小晚会”，后来又变成了“舞会”。星期五晚上，朱庇特又到市集上去巡逻了，弗兰克则干脆欢迎八方宾朋莅临“丢卡利翁大饭店夕阳大联欢”。

“大联欢？”凯吉瑞激动地说，“弗兰克，最初说好的可是‘晚宴’啊。你知道‘大联欢’和‘晚宴’的区别吗？两百人？这也太多了！”

“天哪，我当然知道。有这么糟糕吗？”一队汽车轰隆隆地在大门前停下，弗兰克完全掩饰不住内心的兴奋，“可我只是放出了一点点消息，人们就自己来了！他们就是离不开我！”

凯吉瑞只好去找小芬和其他员工商量。大家一致认为，目前只能尽全力控制好场面，一旦觉得苗头不对就赶快采取措施。倒也没必要现在就去找朱庇特——今天是市集的最后一晚，他有更重要的事情要做。

茉莉安明白，朱庇特一定会很生气，可哪怕明知道这节骨眼儿上不该如此，她也按捺不住兴奋的心情。这个夏天太漫长、太紧张、太无聊了，充斥着失望、沮丧和可怕的消息……说真的，她也渴望找点儿乐子。

弗兰克选定“夕阳大联欢”这个主题，旨在送别炎炎夏日，迎来秋高气爽。大堂从地板到天花板焕然一新，迎合着主题，展现出茉莉安见所未见的夕阳美景。棋盘格地板换成了全黑色，墙壁染成了桃色、粉色和黄色渐变的色调。黑色的鸟形吊灯临时变成了闪闪发光的金球，高悬在天花板上。夜色降临时，它先是沁出橘色，然后晕染出耀目的鲜红，最后慢慢变暗，就像太阳慢慢落下一样。弗兰克要求宾客们身穿黑色的盛装，此时效果惊人——所有人都成了炽热地平线上的剪影。

大堂的地板上又长出了树木，让茉莉安想起了圣诞节时的针叶林——不过这次长出的都是枝叶茂盛的乔木。它们徜徉在不知何处而来的微风中，窸窸窣窣。一开始，林间缭绕着茉莉花、柑橘和海洋的气息，后来夕阳落下时，树叶开始卷曲变色，释放出雨、苹果和肥沃黑土地的气味。到了午夜，树叶呈现出千万种橙色和红色，大堂里的温度也适时地下降了一些；壁炉里燃起了烈烈的火，空气中弥漫着木柴的香气。

所有宾客一致认为，夕阳大联欢是一场感官盛宴，是当晚全镇的顶级盛景。入场门票炙手可热，数百名不请自来的客人被拦在门外……可尽管如此，随着时间的推移，这场宴会的规模还是越来越大了。

茉莉安邀请了霍桑和卡当斯，还把闷在房间闹别扭的杰克也拽了出来。他兴致高昂，甚至掀开眼罩，玩儿起了茉莉安最喜欢的“看人猜心”游戏。他们四个站到了服务台后，因为这样可以看清大堂全貌和各位宾客（并且，在霍桑看来，毗邻送餐的大门，可以近水楼台先得月）。

“他和他妈妈吵架了，”杰克指着一个大吃迷你三明治的年轻人说道，“他妈妈认为他学习不用功，他认为他妈妈太专横。楼梯上的那个女人正在哄骗她的妻子。坐在壁炉旁边的那两个人彼此倾慕，他们都以为自己是单恋对方，都觉得自己配不上对方。”

“噢噢噢！”霍桑兴奋地一拍手，“咱们去捅破这层窗户纸怎么样？”

“不怎么样。”杰克从路过的服务员那儿拿了一块迷你三明治（霍桑拿了三块），“窗户纸破不破都是他俩的事。小朱叔叔说过，掺和别人的情感生活永远只能帮倒忙。这一定是他的经验之谈，因为我们都知道，他有多爱瞎掺和。”

这时，一群吵吵闹闹的客人进来了，其中有一头奇迹长颈鹿。她属于辅奇迹动物，脖子长长的，皮肤上覆盖着点状花纹，棕色的眼睛懒洋洋的，耳朵有点儿像鹿。除此之外，她的言行都和人类一样。

茉莉安瞥了一眼杰克——他仔细地观察着，很快就摇了摇头。走进饭店大门的所有奇迹动物都在他的严格观测之下，但目前没有发现任何一位有感染空心痘疹的迹象。第一批奇迹动物到场时，弗兰克还有点儿不好意思（挺意外的），其他员工也觉得不能拒绝任何一位客人。哪怕是为了安全起见，这么做也是不公平的，有损丢卡利翁的名声……不过，话说回来，大家其实都提心吊胆。

茉莉安知道，杰克想盯紧每一位奇迹动物客人，因为她也是这么想的。楼梯的栏杆上立着一只奇迹猫头鹰，一头奇狼正为自己讲的笑话高声嚎叫，舞台上有一只奇蜥在演奏……有些人类宾客对奇迹动物敬而远之，这反倒更容易认出他们来了。

“她肯定挺有名的。”杰克对茉莉安和其他二人轻声说道，微微点头，示意他们注意一只奇狗。奇狗通身银白，皮毛顺滑，两只耳朵上各戴着一枚黑色丝绒蝴蝶结，脖子上还戴着一条黑珍珠项链。

“你怎么知道？”茉莉安问。

“有一些小小的闪光。”杰克解释道，“她走进大门的时候，所有奇迹动物的脑袋上都像亮起了灯泡。”

茉莉安想象着这样戏剧性的场面，觉得很有意思，于是更想凑近些去看看那只奇狗到底是谁。这时，突然真的闪过一道亮光，把大家都吓了一跳。霍桑愣了一下，就大叫起来。

“我……我也看见闪光了！杰克！这是不是表明，我也是见证者，还是——”

“这位天才，那是相机闪光灯好吗！”杰克说。

他四下看看，只见一个男人扛着一台巨大的相机，紧跟在奇狗后面。他肩上背着个大包，里面塞满了各种摄影器材。茉莉安有些不安地发现，大包上绣着的标志是“窥镜报”。

杰克也看见了。

“得告诉凯吉瑞，”他意味深长地看了茉莉安一眼，嘀咕道，“因为‘歌剧院惊马’那件事的报道，钱达夫人可憎恶《窥镜报》了。要是她知道他们的摄影师今天也来了，弗兰克可就吃不了兜着走了。”

这时，站在服务台旁边的一个女人啧啧出声。她一只手端着一杯落日色彩的鸡尾酒，另一只手拎着一只串珠小包。

“真是可耻啊。”她皱着鼻子，看着优雅的奇狗和亦步亦趋的摄影师消失在人群里。她凑近男伴，故意大声说道：“丢卡利翁大饭店如今也堕落了，竟然允许那种低级的东西登堂入室。”

男伴点点头：“唔，应该给动物收容所打个电话，叫他们把那只狗弄走。”

“她不是狗，”霍桑大声说，“她是奇狗。”

两个人回过头，趾高气扬地看着霍桑。那个男人冷笑道：“奇狗。胡扯。四条腿，湿鼻头，一条尾巴，不是狗是什么？在我们那个年代，还不是普普通通地称呼它们，哪有什么奇马、奇兔、奇蜥？全是屁话。干吗非得尊重它们？我真的受够啦。哼，奇狗。”他晃晃脑袋，一口喝光手里的鸡尾酒，打了个响指嚷嚷：“喂，再给我拿一杯来！”

茱莉安转向朋友们，佯作惊讶地说：“尊重别人有什么不对的？”

“可能对于脑细胞不够的人来说，太麻烦了吧。”杰克咕哝道。

“是呀，那种人显然只有单个儿脑细胞。”卡当斯大笑起来。

“你说什么？”那女人摇摇晃晃地走过来，倚在服务台桌子上，凑近卡当斯，粗声粗气地质问道，“你刚才说什么？”

不幸的是，卡当斯根本不吃这一套，她毫不犹豫地拉起架势反击道："我刚才说，你只有单个儿脑细胞。怎么，还需要我唱出来吗？"

"你这个小畜——"

"有事吗？"芬内斯塔及时赶到，像网球裁判似的蹲在两人中间。

那个女人满脸厌恶："又是个会说话的奇状动物！到底是谁列的宾客名单？真应该以妨害风化罪把他逮起来！"

茉莉安、杰克、霍桑和卡当斯齐刷刷地望着芬内斯塔，屏住呼吸，等着她大爆发。

出人意料的是，芬内斯塔竟然冷静又客气地答道："我不是奇状动物，也不是受邀宾客，我是这儿的员工。请问你有什么需要？"

"一只猫！在五星级大饭店里工作？"那个男人不可思议地咯咯笑道，"幸亏咱们不在这儿过夜，要不然肯定要惹得一身跳蚤！"

茉莉安他们再一次耸起肩膀，等待着迎接暴风骤雨的冲击，可芬内斯塔再一次忍住了自己的脾气。

"这里是九星级大饭店，"她淡淡地说道，"我身上没有跳蚤。我也不是猫。"

男人翻了个白眼："行行行，奇猫。"

"我不是奇猫。"芬内斯塔咧了咧嘴，露出亮闪闪的黄色尖牙，"我是华姿猫。这可完全是另一回事。读读书吧，天哪。"

女人气得发抖：“你真是太无礼了！”

芬内斯塔站起来了，巨大的身躯一览无余：“你才无礼。而且你的衣服真是丑上天了。”

来了来了，要爆发了，茉莉安又是紧张又是激动地想道。

那个女人倒吸了口冷气：“抱歉抱歉，请原谅——”

“不，我不会原谅你，也不会原谅你所谓无意冒犯的言行。”芬内斯塔不耐烦地打断她，“你们俩又蠢又坏又偏执，真不知道是怎么混进宾客名单的。我只能认为你们是擅自闯入的。”

“小芬。”杰克轻轻地摸了摸华姿猫的毛。服务台桌旁已经聚了不少宾客，个个紧张万分。“咱们还是算了——”

“不行，不能算了，不能放过偏执狂，”芬内斯塔说，“要不然，懦弱的偏执狂就会变成勇敢的偏执狂啦。”

“你好大的胆子！”那个男人愤怒地抓着西服上的翻领，终于忍不住破口大骂，“如果是这样的服务和待遇，我们以后再也不来丢卡利翁大饭店了！”

“你当然不会再来丢卡利翁大饭店，因为从现在起，服务台桌上就会竖起一个牌子，上面画着你这张脸，还有四个字：禁止入内。”

男人一时之间惊怒交加，说不出话来，但很快就又恢复了气势：“我要跟你们领导谈谈！这里谁是管事的？”

小芬不慌不忙、从容不迫地朝着他走了两步，一张大脸凑近了，琥珀色的眼睛威胁似的眯了起来。她粉色的湿鼻头几乎和他的脑袋差不多大，一开口就隆隆作响，那声音就像打空转的引擎。茉莉安都能感觉到地板在震颤。

“我就是管事的。”她跳上桌子，露出尖牙，冲着那一男一女呲呲咆哮。

“它感染了！”那个女人突然尖叫起来，“这只猫感染了空心痘疹！”

“她没有感染！”茉莉安立刻绕过桌子，挡在小芬前面，张开胳膊，大声反驳道，“她不可能感染！她根本不是奇迹动物，刚才告诉过你了！”

“快报警！”那个男人也叫唤起来了。

“空心痘疹！它感染了！”另有一位宾客惊恐地举起一把椅子朝他们扔了过来，“退后！畜生！”

茉莉安环顾四周，只见人人都在慌乱地抄起什么家伙，当作临时武器，准备对付小芬。而小芬，当然也被这些反应激怒了，咆哮着拍掉所有凑得太近的“武器”。

杰克连忙爬上桌子，站在小芬旁边，声嘶力竭地叫道：“诸位，诸位，请冷静些！这只是个误会！”

茉莉安焦急地扫视大堂，看见查理和玛莎正叫着小芬的名字往这边挤；凯吉瑞在大堂的另一边，钱达夫人在大门那里，弗兰克在楼梯上——所有人都必须穿过拥挤的人群才能靠近。

真是不可思议，茉莉安心想，事情一下子就变了风向。她觉得大堂里的每一双眼睛——总共有几百双——都瞬间盯住了芬内斯塔，眼神里混合着憎恶与恐惧。而被激怒的小芬露出尖牙和利爪，拱起脊背，全然一副防御姿态，无益于缓解局势。

更糟的是，那个《窥镜报》的摄影师正匆匆忙忙地更换胶卷，想要拍下一张惊世之作，而一旦这张照片面世，无疑将激起人类和奇迹动物之间更深刻的对立。

茉莉安觉得一阵恶心。她只希望人们别再盯着华姿猫看了，转过身去，该干什么干什么。不然，很可能会发生更可怕的事——对小芬，对别人，皆然。

她轻轻地唱起来了——这已经成了她面临紧张情境时的习惯。她说不好这是从什么时候开始的，可能是被奇熊穷追猛咬的时候，可能是目睹奇马在歌剧院横冲直撞的时候，也可能是在图书馆里被巨虫围攻的时候——可能她只是下意识地觉得，要时刻做好应急的准备。

“破晓期之子，快乐又温婉。”指尖一阵微刺，奇迹能的温热立刻聚拢而来，“阑夜期之子，邪恶又野蛮。”

这一刻，她决定做一次全新的尝试。在幽灵时段中，她曾反反复复地观摩过，但路克却说她还没准备好——影戏：需要同时使用“罗织”和“遮蔽”两种真法。

茉莉安深吸一口气，让头脑冷静下来。

她像观察一幅画那样观察整个大堂：注意物品的形状和颜色，光线触碰的地方，阴影形成的地方——这些就是她需要的工具。

一直以来，她都觉得奇迹能能够感知到自己的意图，并且直接将这些意图作为指令去执行。她觉得自己——无形的内在，她之所以是她的那个本质——渐渐舒张，铺展，膨胀，超越了身体，漫向房间。奇迹能就像一双手，取用她所需要的东西——散落各处的影子，小小的影子碎片；缺少一点儿不会引人注意，但积少成多足够她塑造一块新的阴影。

她与奇迹能的配合相当完美，精准的同步令人兴奋。

很快，大堂里就弥漫起抖抖索索的暗影。影子越来越大，越来越大，直至将一切都染成了黑色。

茉莉安原本并不想造出这么严实的阴影——她只是想挡住芬内斯塔。不过，最终效果都是一样的，人们看不见芬内斯塔，也就没法儿再攻击她，摄影师也拍不了那种吓唬人的照片了。茉莉安松了口气。

困惑的叫嚷声四起，人们要求亮灯，要求恢复正常。而这一刻，茉莉安脑海里的那个问题才最终成形，像钟鸣似的清晰可辨：然后呢？

整个房间里塞满了阴影，一片漆黑。

她能长时间地支撑着影子，好让芬内斯塔冷静下来吗？她能在集中精力使用真法的同时，用某种方式通知杰克、霍桑和卡当斯，让他们趁黑带着芬内斯塔藏起来，等宾客们走了以后再出来吗？他们能安然无恙、皆大欢喜地解决问题，让联欢会照常结束吗？哪怕大堂乱成一团，社会版也能照样好评如潮吗？

然后呢？

茉莉安不需要寻找答案，因为答案已经坦陈在眼前。

在黑暗之中，独有一小片光源——似乎在大堂另一边的什么地方，一束淡淡的绿光半明半昧。茉莉安的心跳一下子加速了。那朦胧模糊的绿光渐渐靠近，她发现那不是一束，而是两束；两个莹莹闪烁的绿点正朝着她移动。

那是一双眼睛。正盯着她。

她还来不及仔细思索，就发现左侧也冒出了一双绿莹莹的眼睛，一闪一闪，忽明忽暗，仿佛在贴近地面的阴影中潜入、潜出。第三双眼睛出现了，它们从茉莉安头顶上方掠过，速度越来越快，光斑越来越大，轮廓越来越清晰……刺耳的鸟叫声激起了人群的惊恐叫嚷。一声尖叫从茉莉安的喉咙里冲出，她感觉到脑袋四周扑腾着利爪、扇动着翅膀，这时左侧惊起一声咆哮，黑暗之中有一只人类的手朝着她的脸抓了过来……

突然，一切戛然而止，茉莉安明明白白地听见了三声“扑通”——来袭者倒地不起。大堂里弥漫着恐慌。

“是什么声音？”有人叫了起来。

“亲爱的，你在哪儿——”

“我什么也看不见！”

翕动的绿光抛下三具身躯，在一片漆黑中凝聚成奇怪而朦胧的形状。它围绕着茉莉安，擦过她的皮肤，上下跃动，像是要找个入口钻进她的身体里。光斑所到之处，茉莉安只觉得一片冰冷阴森。

最终，绿光仿佛放弃了，离开茉莉安，重新飘回半空。

“杰克，”她瑟瑟发抖地轻声问道，“你看得见吗？”

“看得见。”杰克的声音里满是困惑和惊奇。

绿光好像在看着她。评估她。那闪着光的绿色混沌，似乎被她弄糊涂了，其狐疑和纠结完全不亚于她。

而茉莉安至此，已经百分百地确认了一件事。

空心痘疹，是有生命的。是个活物。

茉莉安觉得自己身体里的能量正在流失，刚才聚集而来的奇迹能一点点耗尽。黑色的影子突然消失了，就像它来时一样突兀，就像有谁按下了开关。大堂里恢复了灯火通明。

转瞬之间，空心痘疹也散开了——不是三个光斑，而是十几个细小的绿色光点，散向各个方向，有些融入了拥挤的大堂，有的则彻底离开了饭店，总之，全部不见了。

茉莉安觉得膝盖发软，只是站住就用尽了全身的力气。她低下头，望着三具一动不动的躯壳——他们的眼睛全都大睁着。

奇迹猫头鹰。奇迹长颈鹿。奇狗。

“它们死了！”有人大叫起来，“杀人了！杀人了！”

“不对，你这蠢货！”又有一人嚷嚷道，“是痘疹——空心痘疹！它们是病死的！”

“是那只猫干的！”

大堂里再次吵闹起来，人们恐慌而困惑，挣扎着想要躲开已经死去的奇迹动物，仿佛死亡也会传染。数百人一起涌向大门。茉莉安、杰克、霍桑、卡当斯和小芬立刻组成一道人墙，保护着伤者，免得他们还要遭受踩踏之辱。

大堂里的凉爽秋风变成了凛冽的狂风，呼啸着掠过猩红色的树林。当最后一批宾客也逃向夜色中时，树叶变得枯黄，从枝干上落下，咻的一声，追出门去了。

5

营救团伙

那天晚上，茉莉安的卧室是舒适惬意的夏日绿岛，可她一夜都没有合眼。三张吊床悬挂在棕榈树间，随着柔和的微风轻轻摇晃。浅浅的浪花拍打着铺着沙子的地板，天花板上繁星点点，夜色清明。

第一次尝试影戏，让她的头脑和身体都疲惫至极，仿佛在巨人竞技场和大力士格里姆斯戈登布拉格鏖战了十个回合。可即便如此，她还是睡不着。

可能是因为霍桑没完没了的微微鼾声，也可能是因为卡当斯偶尔嘀咕的几句梦话。不过最大的可能还是茉莉安自己——自打芬内斯塔把他们赶回房间睡觉，她就一直数着钟声嘀嗒，等待天明。

救护车接走了三位不省人事的奇迹动物，茉莉安抓起雨伞，想到永泊镇市集上去找朱庇特，把发生的一切告诉他。但小芬立刻否定了她的打算。

“今天是市集的最后一晚，小朱不该为这里的事情分心。”她说着就把茉莉安、霍桑和卡当斯往楼上轰。

黎明渐近，星星点缀的夜空一点点亮了起来，茉莉安蹑手蹑脚地溜出了房间。她想早点儿到吸烟室里去准备茶点，等朱庇特一回来，就把联欢会上的事情告诉他，顺便也听听市集的情况怎么样。但杰克已经到了，正在走廊上徘徊。

他伸出一根手指压住嘴唇，然后又指了指吸烟室微开的大门。提高嗓门儿的说话声，还有淡黄色的柠檬香氛，一起从屋里钻了出来。

“……当然，在这一点上，这只是猜测。”

“那你打算如何对公众交代？”第二个声音是芬内斯塔。她正在来回踱步。茉莉安能肯定，因为她的尾巴正有节奏地拍打着墙壁。“难道你就说——”

“小芬，我告诉过你了，这不是我能左右的。奎恩长老觉得公布实情会引发更大的恐慌。里弗斯探长认为，如果这对公共安全没有实质上的影响，那么只要严加监控就好。如果这确实是由于——”

“典型的奇团风格，”小芬怒气冲冲，“总是自以为是——喂！”

门突然开了，小芬扑到面前，把茉莉安和杰克吓了一跳。她低吼一声：“听壁脚很不礼貌，你俩不懂吗？”

“芬内斯塔，让他们进来吧。”朱庇特厌倦的声音传来，“反正他们迟早都会听说啊。”

小芬吸了吸鼻子，气呼呼地哼了一声，掉转方向，用毛茸茸的大脑袋把茉莉安和杰克推进了吸烟室。

“噢，当心点儿，小芬！”茉莉安抗议着，一屁股倒在扶手椅里。

“你们俩没事吧？小芬跟我讲了联欢会上的事。”朱庇特叹了口气，沮丧地说，“真是丢人。要是直接在报纸上读到这件事，那可真叫人惊喜。”

“我们没事。”杰克说，“你刚才说，我们还会听说什么？后来怎么样了？”

朱庇特坐在窗台上，两只手搓了搓脸。

“我昨晚跟里弗斯探长沟通过。据她安插在冬洋国的特工汇报，几年前，那里就出现过只感染奇迹动物的传染病。说法固然不同，但目击者的描述是一致的：暴躁，失去语言能力，退行性的奇状动物行为，暴力攻击，最终昏迷。甚至更糟。”朱庇特顿了顿，深深吸了一口气。

“既然几年前就出现了，为什么潜行特勤现在才上报？”杰克问，“他们不是一直盯着那边的动静吗？”

“是吗？”茉莉安问道。对她来说，这可是个新闻。

“他们确实知道奇迹动物的数量在减少，”朱庇特说，“但归结为其他的原因了。在边境地区，奇迹动物受排挤、被攻击的情况由来已久，谁也没听说过什么传染病。而且冬洋国内的奇迹动物团体数量少，又很分散，几乎无法有效沟通。”

“我不明白，”茉莉安插嘴道，“冬洋国没有奇迹动物啊。”

芬内斯塔冷笑一声：“怎么没有？当然有了！不能因为你没见过，就认为——”

“和气点儿，小芬。”朱庇特按着脑门儿，把两片止痛药扔进水杯里。药片嗞嗞冒泡，晕染出一片令人冷静的紫色。“小茉，那里的确有奇迹动物。很多。但他们过的日子和永泊镇的奇迹动物不一样。他们有自己的社区，这些社区大多是很隐秘的。”他一口气喝光了杯子里的紫色药水。

“为什么他们想隐秘地生活呢？”茉莉安问。

“他们不是想要那么做，”小芬说，“是不得不那么做。”

“自由邦有些奇迹动物就是从那边过来的。”朱庇特说，“很可能是他们当中有谁带来了空心痘疹。”

“可是，边境不是封锁着吗？”茉莉安还是不明白。

“是的，官方边境确实是封锁着的。”朱庇特解释道，“不过只要想办法，还是能够进出的。咱们这里有个专门的组织负责把他们带到安全的地方，小芬就是其中的一员。”

“她是……偷渡团伙……的一员？”茉莉安不可置信地说。这时杰克脱口而出：“小芬，你是偷渡贩子？”

茉莉安也说不清自己为什么觉得惊讶。她明明已经非常了解这只华姿猫了，知道她什么都干得出来。

芬内斯塔懒洋洋地抓着地毯："我们更乐意称之为'营救团伙'。"

"等一下，"杰克说，"小朱叔叔，你刚才说，空心痘疹是来自——"

"我已经跟朱庇特解释过了，空心痘疹绝对不是从我们那儿传过来的，"小芬生气地说，"绝不可能。我们这边过境的奇迹动物都要先在临时过渡处住上一个月，等我们帮忙在七穴找到落脚的地方才行。他们只要有任何生病的迹象，就会被直接隔离，接受治疗。我们不可能——绝对不可能——把空心痘疹零号病人放进永泊镇。"

"小芬，这不是要怪你什么，只是在提醒你啊。你们的临时过渡处最好彻底隔离，因为不久之后空心痘疹肯定会大爆发的。还有，告诉你的人，一定多加小心，边境正处于前所未有的严密监视中。"

"我还以为自由邦是刀枪不入的。"

朱庇特做了个鬼脸："那倒不至于。"

"可是以斯拉·斯考尔就进不来啊。"

"对，他进不来，"朱庇特说，"因为我们的边境针对斯考尔有特殊防范，对他来说确实堪称'刀枪不入'。但冬洋国的大多数普通人，却没有'自由邦'这个概念，就算有，他们也不知道它在哪儿、该如何进出。不过，就像我刚才说的，只要想办法，还是可以办到的。"

“比如说，乘坐一辆由疯子驾驶的蛛形车穿越钟面溜进来。”茉莉安不禁想起了自己逃进永泊镇时的经历。那已经是两年半前的事了。杰克大笑起来，倒在她旁边的椅子里，两条腿搭在扶手上晃来晃去。

“可不是嘛，”朱庇特微微一笑，“如果你刚好认识一位英俊的红发小伙儿负责边境管制，那这么做就是可行的。如果不认识……啊，反正还有其他五花八门的办法可以进入自由邦。”他瞥了一眼小芬，小芬正在打哈欠。“对于那些独自偷渡的人来说，翻越高原地区是漫长和危险的旅程。他们得爬上悬崖，在那之前得先从兴隆邦东海岸启程，渡过水流湍急的哈罗海峡才行。”

“他们只能乘坐非常小的船，免得引起海岸巡逻队的注意。”小芬补充道，“而横渡哈罗海峡需要好几天，感染空心痘疹的奇迹动物根本支撑不了。”

“那如果他们撑过来了呢，就要对付野生的龙，还有黑山崖的那些穴居土著。”朱庇特说，“如果他们撑过了这重重难关，还要熬上几个星期才能抵达高原地区，然后——”

“我告诉过你了，小朱，那样不行。”小芬打断他，“如果没有永泊镇内部的支援，想在几天内进入这里，唯一可行的办法就是过了哈罗海峡之后走鸠罗河。而海岸巡逻队严密监视着水上交通，每一艘船都要查个底朝天。每一艘。”

“如果他们是游泳来的呢？”杰克问。

芬内斯塔冷哼一声：“那就要祝他们好运了。”

茉莉安记得弗朗西斯说过，鸠罗河里有水毒蛇、刺鬼鱼、盗骨者、水狼人……没有人能从那里游过来。渡河的方法，怎么想都不太可能，除非有一个……容器。

茉莉安的脑海里突然冒出一个念头。她挺直身子问道："小芬，如果他们的船不是在水面之上航行的呢？那样不就能躲过海岸巡逻队了吗？"

朱庇特皱起眉头："小茉，你想到什么了，是吗？"

她把自己和弗朗西斯、萨蒂亚在环镇大道上那家典当行里的所见所闻告诉了他们。她清楚记得弗朗西斯讲的潜水艇和间谍。

"店主还说了几句——噢，什么来着？对了，店主说，那东西不是本地货，"她说，"是'冬洋党的财产'。"

朱庇特眯起了眼睛："我得通知里弗斯探长去查一查。提醒得好，小茉。"

这时，茉莉安突然想起了自己最想告诉他的事，急得往前一探，差点儿从椅子上摔下来。"杰克也看见绿眼睛了！昨天晚上，那三个奇迹动物！"

朱庇特惊讶地看了看他们俩："他……你……你真的看见了？"

杰克点点头："看见了。真的很诡异。很亮，闪着绿光，像是某种……"

他的声音低了下去。茉莉安接过话头，把昨晚发生的事告诉了朱庇特——病情发展到重症期时，绿色的光斑从三个奇迹动物身体中析出，仿佛那光斑就是空心痘疹。

朱庇特认真地听着，一下一下地咬紧牙齿，绷紧下颌——他在有所隐瞒的时候就会这样。“杰克，昨晚的事，有一点我不太明白。如果来参加联欢会的奇迹动物感染了，你怎么没提醒小芬或者凯吉瑞呢？你没看出他们——”

“他们没有感染。”杰克非常肯定地断言道，“小朱叔叔，我发誓，那和咱们在市集上看到的不一样。他们三个不是——你懂吧——不是空心的。然后四周突然黑了……（朱庇特瞥了一眼茉莉安。小芬肯定把影戏的事也告诉他了。）爆发的时刻和市集上一样，但是……要快得多，就好像按下了快进键似的……”

茉莉安描述了绿色光斑离开感染者身体时的情景，以及它们是如何向她聚拢又倏尔散开的。“我一直在思考，朱庇特，如果它根本不是某种病毒呢？”她把内心的疑问一口气倒了出来。

朱庇特的眉毛拧成一团：“什么意思？”

“我之前问过你，为什么不在海报上提醒大家注意绿眼睛，你记得吗？你说要是让人们知道感染者的眼睛会闪绿光，他们肯定会认为那是被恶魔附身了。可是，朱庇特，那真的很像附身啊！很像是某种活物钻进了他们的身体里，像癞蛤蟆似的蹲在那儿，像……随便你怎么形容，反正就是入侵别人的身体——”

“寄生虫？”朱庇特问道。

“对！”茉莉安打了个响指，“或者……某种怪物。三个光斑动起来像是一个。我以为它们要钻进我的身体里了，但是没有。可能是因为我不是奇迹动物。”

“像病毒一样的活体寄生虫，”朱庇特若有所思，“这就解释得通了。奇怪的感染模式，看起来完全随机的传播路径。如果这种寄生虫能独立思考，那么它们就能自己寻找最合适的宿主。”他沉默了一会儿。茉莉安仿佛能听到他的大脑在飞速运转。

可她还有别的猜测。“朱庇特，会不会……会不会是斯考尔造出了这种寄生虫，然后把它运进了永泊镇？他以前可做过类似的事！他曾造出了恶魔军团不是吗！既然他自己进不来，那很可能——”

“有可能，”朱庇特说，“我需要跟专案组讨论一下。不过咱们这些谈话仅限于吸烟室，懂吗？”

芬内斯塔仔细地打量着他：“小朱，难道奇迹动物们不该知情……”

“我考虑的就是他们。”他难过地盯着杯子底残留的紫色药水，“小芬，昨天晚上，那些客人都以为你是感染的奇迹动物。为什么？就因为你生气发火了。他们可能伤害你，袭击你——”

“哼，用不着担心我——”

“我当然担心你，芬内斯塔！我担心你，担心我们的朋友和客人，担心永泊镇所有的奇迹动物！”他睁大眼睛看着小芬，又看看茉莉安和杰克，努力地坦陈自己的担忧，“人们对待传染病尚且如此，更遑论寄生虫和怪物！要是再牵扯上斯考尔，就更不可想象了！这无异于宣称，奇迹动物就等于恶魔！保护禁令将完全解除，人人皆可得而诛之！

“所以，答应我——保守这个秘密！一定！一定！”

他们答应了。小芬也答应了。

6

没有最糟，只有更糟

第三年 · 秋

“你不能这么做，朱庇特！我可忍不了！收回成命！否则我绝不下来！”

弗兰克挂在吊灯上晃晃悠悠。茉莉安倒是不怎么惊讶，因为他已经嚷嚷了一整天，说要以极端行动来反对。

“太可笑了，弗兰克！”朱庇特紧张而疲倦地喊道。他躺在服务台桌子上，脚踝交叠，两手搭在肚子上，又小声补了一句，“一向如此。”

“快下来，弗兰克，好小伙儿！”凯吉瑞好言好语地哄着。他和玛莎、查理拽着一张床单，高高举起，在吊灯下面挪过来又挪过去，准备接住弗兰克。“下来吧，我们接着你呢！”

“绝不！”弗兰克吼道。他疯狂摇晃着，黑色的披风随之摆动，在大堂里投下斑驳的光影。

茉莉安和杰克坐在螺旋楼梯底部的台阶上，看着这壮观的一幕。吊灯半明半昧的灯光，再加上夸张的情节，别具戏剧美感——比如“废弃剧院里的疯狂鬼魂”之类——本来是茉莉安所欣赏的，但过去的二十四小时却让她越发不安。

正如朱庇特所料，大联欢突发中断后不过几个小时，报纸上就铺满了关于丢卡利翁大饭店的报道。著名的金发疯癫老板，神秘的意外事件，奇迹动物的诡异言行，都成了小报青睐的绝佳素材。即便当时朱庇特根本不在现场，也没有人在意。

永泊镇热心党更是来了劲头。该党派喋喋不休、擅出铁拳的创始人与著名奇迹动物权利活动家、参议员吉斯卡尔·银背——一位奇猩——进行了面对面的交锋。两位激烈地讨论了“在‘这个动荡时期’允许奇迹动物进入公共场所的危险性”这一议题。

永泊镇气氛紧张，似乎人人都在静待下一次袭击发生。朱庇特决定在空心痘疹得到控制前暂时关闭丢卡利翁大饭店。而弗兰克，当然，自打得到消息后就一直哭个没完。

“小朱，动一动啊。”钱达夫人催促道。她把朱庇特的脚推下桌子，逼着他坐起来。“快，叫他别犯傻了。”

朱庇特冷哼一声：“哼，我要是有本事叫他别犯傻，还用得着每个月为几千把鸡尾酒装饰小伞买单吗？我告诉他可以办个晚宴，可他呢，弄了个该死的大联欢。你觉得我能有什么魔法拦得住他？”

钱达夫人用最严厉的眼神盯着他，他只好咕哝一声，不情不愿地站了起来。

“好吧。”朱庇特仰头看着晃来晃去的吸血鬼，“弗兰克，下来吧。咱们谈谈。”

“不！我绝不下来！小朱！除非你……啊啊啊啊——”

弗兰克手一松，从吊灯上掉了下来，在砸中地面的前一刻被床单兜住，轻轻地落下。他踉跄着站起来，挨个儿瞪着大家，好像受到了莫大的侮辱。

朱庇特把手插进口袋，叹了口气。“永泊镇饭店业主联合会建议我们临时关闭，弗兰克，我不能只——”

“奥利安娜饭店还开着哪！”弗兰克抗议道，“他们怎么就不用采纳建议呢？要是咱们关了门，他们可就要得意了！小朱，他们天天晚上都在办宴会——”

“奥利安娜禁止奇迹动物入内！”朱庇特厉声说道，他一只手搓着脸，“你还不明白吗？奥利安娜之所以还能开门，就是因为这个！”

弗兰克转过身去。玛莎双手捂住了嘴巴，茉莉安和杰克沮丧地看了彼此一眼。大家都不说话了。

在令人不安的沉默中，朱庇特步步紧逼：“你想让我也这么做，是吗？拒绝一部分朋友，却打开门欢迎另一部分？”

弗兰克呼哧呼哧地喘着气，不耐烦地整理着披风：“我当然不……算了算了，只是暂时关闭，是不是？”

“说不好，弗兰克，”凯吉瑞说，“我们不知道这种情况要持续多久。”

“那其他的客人怎么办呢？”弗兰克不依不饶，看着玛莎和查理寻求支持，“难道也——”

“我认为，”玛莎小心翼翼地说道，“我们应该对所有客人一视同仁。奥利安娜的做法……唔，是不对的。”她抿起嘴唇，表示自己的意见表达完毕。

“这是我们的传统。”查理赞同道。凯吉瑞也严肃地点了点头。

朱庇特平静地说：“弗兰克，你的反应让我很惊讶。你知道，在永泊镇，至今还有些地方禁止你入内，就因为你是——”

“吸血鬼。对啊，没错！”弗兰克扬起眉毛，“那又怎么样？你听我抱怨过吗？老实说，我一点儿也不怪他们。我就是爱惹麻烦。上个星期我还在超市咬了一个人呢！”

钱达夫人惊叫：“弗兰克！”

“噢，只是一小口罢了。”他一扬手，轻描淡写地说，“我送过花了。不过我要说的重点是——”

“没什么可讨论的。到此为止吧。”朱庇特提高声调，下颌的肌肉绷紧了，“这饭店是我的，我说了算。丢卡利翁不能没有原则。”

“小朱——”

“好了。这是最后的决定。闭店，直到事态平息为止。”

不等大家说话，朱庇特就一阵风似的经过茉莉安，踏上螺旋楼梯走了。所有人心里都压着一个疑问，所有人都没有答案。

事态平息，还要多久？

夏天就这样以一种令人忧思伤神的方式戛然而止。茉莉安本来挺愿意回校上学，但校园里的情况也好不到哪儿去。整个永泊镇的情况都糟透了。

星期一早晨，919团的家庭专列驶入了傲立车站。鉴于丢卡利翁大饭店发生的不幸事件和小报的添油加醋，茉莉安本以为自己会成为众人注目和议论的对象。

但可怕的新闻及时更新，拯救她于悠悠口舌。星期五晚上的大联欢突发事故之后，又发生了三起袭击事件：一名奇猪在大街上踩伤了一位女士，一名上了年纪的奇狗伤害了邻居家的小孙子，一名奇鳄把一位男士拖进了勇气广场的喷泉池，差点儿把他淹死。现在，三名袭击者都陷入了昏迷，而三位受害者正在恢复精神、疗养伤情。

“我听说那头鳄鱼是银背议员的私人秘书，”在站台上，茉莉安听见一个女孩儿跟她的朋友窃窃私语，“这对他的影响可不好啊，是吧？”

“奇鳄。”茉莉安本能似的纠正她。

那个女孩儿惊讶地回过头来：“你在维护他吗？你替他说话？他差点儿把人淹死！”

“我没有维护——”

“随便你。”那女孩儿狠狠地瞪了她一眼，轻声地跟朋友嘀咕着“奇迹锻工”什么的。茉莉安真希望他们能换个新鲜点儿的词。

当萧瑟的秋风吹进奇团时，关于空心痘疹的会议已经成了每日例行，朱庇特和里弗斯探长随时待命，只要哪个地方有奇迹动物行为诡异，他们就会立即采取行动。

专案组的规模扩大了两倍，吸纳了更多像索菲亚这样的奇迹动物志愿者。他们深入到感染者的亲朋好友当中去，收集数据，尽己所能提供帮助。布兰布尔教授和露维奇教授夜以继日地工作，照料感染者，同时努力追踪空心痘疹的源头，渴望找出有效的治疗方法，或研制出疫苗。

（据朱庇特说，布兰布尔教授仍然对茉莉安的“怪物说”持怀疑态度。她表示：“如果一种怪物，看起来像病毒，在身体里作用起来也像病毒，那么无论从哪方面说，都应该当作‘病毒’来处理；同样，它也应该像病毒一样，可以治愈。”茉莉安对此很不服气，于是让朱庇特转达，她对布兰布尔教授的“病毒说”也持怀疑态度。）

因为根本没有好消息传来，所以开会越发像是聚众争吵。教学医院的人员和资源越来越多地倾向日益增加的感染者，“谁才是空心痘疹的受害者”这一议题成了一个死结。

人们思来想去：“真正的受害者”，究竟是那些躺在病床上无知无觉、身心空洞的感染者，还是无端遭受奇迹动物袭击的普通人？

“我建议奇团暂且驱逐所有奇迹动物，待全面了解事情真相的时候再考虑下一步。”一天会上，杜尔希尼亚·迪尔伯恩如是说道。

这或许是想象出来的，不过，茉莉安觉得迪尔伯恩似乎朝着索菲亚那边轻蔑地瞥了一眼。她紧紧地抱着胸前的书，免得自己忍不住把它扔到助教的头上。

“看吧！看吧！”坐在第三排的巴兹·查尔顿嚷嚷起来。

“我赞同迪尔伯恩女士的建议。”弗朗西斯的姑姑海斯特站起来发言。弗朗西斯连忙缩了缩身子。“我知道，奇团中的很多成年成员都忘了一件事，那就是，傲立楼同时也是一所学校。这里有很多小孩子。难道我们就应该干等着，看那些老师会不会变成暴躁狂怒的奇状动物？就我个人而言，是绝不愿意冒这个险的。”

“奇状动物？”萨加长老咆哮起来。他的声音震耳欲聋，把919团震得离座一英寸。他用蹄子踏着地面，低下长角的大脑袋，好像要冲上去似的。大家立刻紧张起来。“你说我们是奇状动物，是吗，海斯特·菲茨威廉？你太傲慢无礼了！”

气氛剑拔弩张，似乎所有人都准备着拔腿就跑。

“萨加长老，冷静点儿。”黄长老举起一只手示意。不过茉莉安觉得，他的手也在颤抖。“我相信她一定不是那个意思——”

“用这样极具挑衅性质和侮辱性质的词来攻击奇团成员，攻击自己的兄弟姐妹？”萨加长老气得鼻孔喷气。茉莉安不由得抓紧了扶手。“毫无疑问，她就是这个意思。”

海斯特面对暴怒的奇牛免不了害怕，但她很快就镇定下来，挺直了身子。“我的意思是，既然他们失去了语言，失去了理智，失去了一切奇迹动物该有的东西，那么自然也就成了奇状动物。这一点，萨加长老，不管你有没有勇气承认，都是事实。”

“勇气——”萨加长老正要发作，大门砰地开了，公共离神事务局的霍利迪·吴闯了进来，径直跑向奎恩长老，在她耳边轻声说了几句，然后往她手里塞了一张小纸条。

议事厅里鸦雀无声。所有人都屏住呼吸，看着送信的霍利迪·吴没有片刻停留，又匆匆离开了。而奎恩长老读完那张小纸条，一动不动地沉默了一会儿，脸上的神情瞬息万变。终于，她沉重地告诉大家：“空心痘疹夺去了一条生命。”

— 7 —

我们都在同一战线

奎恩长老的话回荡在议事厅里。

“昨晚，”她大声地将纸条上的内容读了出来，“在码头上，数十人亲眼目睹，一位空心痘疹重症期的奇狒渔民袭击了离船上岸的四名年轻人。其中三人伤势严重，正在救治当中。另一人情况危急。”

奎恩长老清清喉咙，打起精神来宣布最后的结局。

“在空心痘疹的作用下，奇狒失去控制，撞向小船。据目击者称，他在落水前就已处于昏迷状态，而后被水浪吞噬，再也没有浮上来。一些船员试图施救，然而……”她紧紧地抿着嘴唇，后面的话似乎也不用说出来了。

大厅里一片死寂，而后响起了潮水般的议论声。

这一天快结束时，因空心痘疹而丧命的人数上升至两人。遭受袭击的一名年轻人伤重不治，不幸罹难。

奇团之内，气氛悲观。

奇团之外，恐惧和愤怒像点燃了枯叶，瞬间燎原。

首相吉迪恩·斯蒂德采取非常措施，宣布永泊镇进入紧急状态，并下令对镇上所有奇迹动物实施宵禁。

“违反宵禁者将被逮捕，并予以依法起诉。”这信誓旦旦的宣言十分不祥。

当天下午，电波中回荡着吉斯卡尔·银背的怒吼，寻求公正的愤怒像烈火一样熊熊燃烧。家庭专列上的 919 团挤在欢悦小姐的旧收音机旁，仔细听着。

“我们大多数奇迹动物已经自觉地担起了自我隔离的责任，却仍然被当作罪犯！”银背怒气冲冲地说道，“感染病毒非我们所愿！攻击永泊镇公民非我们所愿！首相阁下，需要我提醒您吗？因空心痘疹罹难的共有两位！一位是人类，一位是奇迹动物！可斯蒂德非但没有采取任何保护奇迹动物的措施，反而继续将照料空心痘疹受害者的责任推卸给奇迹社团！没错——人类和奇迹动物，是平等的，都是受害者！奇团已经不堪重负，政府必须介入！”

“他说得对。”安娜伊疲惫地告诉大家，这些天来，只要有空，她就到教学医院去帮忙，就连暑假都没顾上歇一歇。茉莉安注意到她的眼睛下面挂着黑眼圈，平时打理得整整齐齐的卷发，如今也只是乱糟糟地绾成发髻了事。“隔离病区已经扩张到整个楼层，而且快要住满了。”

“安娜伊，那儿一共有多少病人啊？”卡当斯问道。

“肯定过百了。说不定更多。病人不停地涌进来，数都数不过来。”她打了个哈欠。阿占一言不发地站起来，用安娜伊最喜欢的马克杯给她泡了一杯茶。

面对银背议员的谴责，斯蒂德首相的回应是：宵禁是为了保证奇迹动物和人类的安全。

“如果永泊镇的奇迹动物不想在抗击感染的火线上惹麻烦，那就待在家里，以确保自身安全。”他说。

茉莉安摇摇头：宵禁挡不住空心痘疹。不管它究竟是什么——怪物、寄生虫、恶魔——都不会因为奇迹动物闭门不出就放弃四处肆虐。它并不是像细菌那样飘来飘去，谁接触了就感染谁。

它的追击是主动的、有目标的，奇迹动物就是它的猎物。

不管奇迹动物躲到什么地方，它都能找到他们。

列车停靠在 919 站台，大家纷纷挥手道别，茉莉安留到了最后。

“欢悦小姐，”她说，“你的那位朋友还好吗？”

“罗西尼？”欢悦小姐深吸一口气，“她还在医院。她伤得很重。”

茉莉安心里涌起一阵内疚：那天要是没去哥布莱恩图书馆

该多好。

“她会好起来吗？”

“当然会。好了，你该回家了。明天一早再见吧。”

茉莉安觉得欢悦小姐的眼睛里像是闪过泪花，亮晶晶的——但只有短短一秒钟。列车长平复心情，转身离开了。

“三十八位奇迹动物遭到逮捕！”第二天，茉莉安一来到地下九层，就听到科纳尔在大声怒骂。声音是从书房里传来的，但她走在长长的大理石走廊都能听到。“仅仅一晚！银背议员绝对无法接受！他会想办法阻止的！他必须采取行动！”

“他不见得有什么办法，”索菲亚像往常一样平静，“警察有了授权，干得可尽职呢。而且，科纳尔，斯蒂德拥有大部分公众的支持，吉斯卡尔·银背也无法太强势——”

“如果银背无法督促斯蒂德做出正确的决策，那么我们就提请奇迹动物权利委员会来运作。”科纳尔破口大骂，“该死，如有必要，我们绝不会给议会留情面！”

茉莉安走到书房门口，偷偷朝里面望。只见愤怒的科纳尔手里攥着一张报纸，来来回回地踱着步子，快得手杖都跟不上趟了。索菲亚倒是静静地蹲坐在长桌上。

她叹了口气，抖了抖毛茸茸的红尾巴：“冷静点儿，科纳尔。”

“冷静？”科纳尔收住脚，“索菲亚，他们正在侵犯你们的权利啊，你看不出来吗？我可忍不了——”

“我向你保证，我很清楚自己的权利状况，每一天都是。所有奇迹动物都是如此，这一点你大可以放心。”虽然没有提高音量，但她的声音里多了一种不同以往的锋芒。科纳尔张了张嘴想要反驳，不过最终还是觉得沉默为妙。“我也没打算袖手旁观，解决宵禁的两难应该另寻合适的方式，而针对议会并不在其中。茉莉安——”她突然回过头，甩了一下尾巴，问道，“是你吗？”

茉莉安听见自己的名字吓了一跳。她有点儿羞愧地走进了书房。

“对不起，”她觉得脸颊一阵发烫，“我只是……”她不知道该说什么。没什么借口，她摆明了就是在偷听。

“你对宵禁的事有什么看法？”索菲亚问。

“她只是个小孩儿！”科纳尔厉声道。

“可她也是奇迹锻工。”

“那也是小孩儿！”

“我赞同科纳尔。”茉莉安轻声说。

科纳尔抬起头，眨巴着蓝眼睛看着她：“唔，非常非常聪明的小孩儿！我一向这么说。”

索菲亚抖抖耳朵：“为什么呢，茉莉安？”

“逮捕没有犯罪的人，斯蒂德这么做太过头了。这只能让大家更害怕。”她在桌边坐下来，解开外套纽扣，“要遏制空心痘疹就得在袭击发生前发现感染者，这下可怎么办呢？专案组有三分之一的成员是奇迹动物，可现在你们晚上都出不了门了！难道长老们特许你和其他专案组成员不受宵禁限制？”

索菲亚摇摇头：“不是那样的，茉莉安，长老们不能以个人身份要求政府网开一面。”

“事情的重点也不是为某些奇迹动物求得特别许可，”科纳尔说，“重点是，这事关所有奇迹动物的平等权利。”

“那……那还是你说得对，科纳尔。或许我们真该向议会发难，”茉莉安坚持道，“所有人，整个奇迹社团。我们联合起来对付吉迪恩·斯蒂德——想想看吧！我们有各式各样的心法啊！你们觉得不好吗？哪怕吓唬吓唬他也足够——”

茉莉安的声音低了下去。她看见了索菲亚脸上的失望。

“我们不会用心法欺压他人，茉莉安。奇迹社团不是那样的组织。”

茉莉安眨眨眼睛。她突然觉得肚子里一阵翻腾，那种不快的感觉是如此熟悉。欺压他人……以斯拉·斯考尔才会那么做。

“我知道！”她飞快地说。她甚至听出了自己声音里剑拔弩张的自卫。“我知道。我明白。我不是说我们应该那么做，而是……算了。”

三个人都不知道该说些什么才好，书房里一阵尴尬的寂静。科纳尔轻咳一声，打开怀表看了看。“还有五分钟，奇迹锻工。”他把怀表递到茉莉安面前。

茉莉安一时没反应过来，摇摇头说：“什么五分钟？”

“你的课。还有五分钟就开始了，”他往上一指，“屋顶。”

“噢，对！再见！”她站起来冲向门口。真是个开溜的好理由。她朝着大理石走廊跑去，急切地想要甩掉不自在的感觉。

“茉莉安，等等！”

她停下，回过头，看着从书房里追出来的索菲亚，内疚再一次袭上心头。她张开嘴巴想解释，但索菲亚抬起一只爪子。“没关系的。你只是想表达，你和我们同一战线。我能理解。我也希望你能明白，在这件事上，本来没有‘战线’之分。奇迹动物，人类……我们都希望这一切早些结束。哪怕首相斯蒂德和警察们，也是一样的。我们都在同一战线，真的。”

茉莉安点点头。但说实话，她也不确定自己是不是赞同这个观点。

地点	参与者及事项	日期与时间
傲立楼，屋顶，南端	格雷斯·葛柏丽、莫里斯·布莱德沃 由葛柏丽指导莫里斯·布莱德沃练习“烈焰”真法	勤勉纪， 第八年秋，第三个星期一 09:13—10:32 （年）

茉莉安及时地赶到了屋顶。她迎着阳光，眯起眼睛，找到了空气中的光箔（在白天的户外更难分辨），然后伸出手探进去，感到指尖一阵凉飕飕的微风。随后便是熟悉的拉力，包裹着周身

的时空战栗起来，她跨进了过去。

这一段幽灵时段，适逢风雨大作、天空黑沉的早上，秋风凛凛地吹着。但片刻之后，明亮的橘色火光便带来了扑面的炽热。茉莉安没来得及细看《幽灵时段之书》里的时间表，所以再次见到格雷斯·葛柏丽颇有些惊讶。她还是那样悠然自如地拨弄着火焰，仿佛那是她发明出来的东西。

这节课只有一个学生。茉莉安注意到，这位奇迹锻工的年纪比葛柏丽还要大些，但论及烈焰真法的使用，就相差甚远了。在乌云密布、偶尔划过闪电的天空下，两位奇迹锻工将火苗盘绕成花朵，将火舌喷向空中。

这时，葛柏丽将双手手掌按在地上，让火焰螺旋向外爬升，最后拧成一股光束，将整个屋顶笼罩在明亮耀目的火光之中。这情景让茉莉安想起了圣诞老人在平安夜的烛光表演，但葛柏丽更精准、更有力——其能量之大，都能把她和布莱德沃震得离地几英寸。

这应该不是初级水平了吧，茉莉安想道。两位奇迹锻工练习的这些技能，她连见都没见过。这说明路克要么弄错了课程表，要么认为她已经能够接受更难的课程了。

这个念头让茉莉安增加了一些自信：她的进步都被助教看在眼里，没有忽视，这让她很高兴。

但另一方面，茉莉安今天早上最不想见到的人就是格雷斯·葛柏丽。她觉得愤怒、恐惧、恶心。她为索菲亚和奇迹动物担忧，对斯蒂德的宵禁政策和肆意逮捕的行径不满，为迪尔伯恩和海斯特在会上的发难愤愤不平……可现在，她却不得不和这个臭名昭著、反对奇迹动物平等权利的恶人待在一起。茉莉安想离开，想逃课。

但可悲的是，恶人葛柏丽，聪明绝顶，技艺非凡。

茉莉安记得上一次来到屋顶时，索菲亚告诉她的话："绝不能让这么精妙绝伦的技能仅仅属于那个恶人……有朝一日，我一定要让那烈焰物尽其用。"

于是，尽管愤懑压得她透不过气，血管里像是奔涌着正义的怒火，茉莉安还是花了整整一上午时间学习葛柏丽的烈焰真法。她把自己想象成一个小偷，竭尽所能地搜刮着葛柏丽透露出的每一点细节——轻盈的体态，站立的姿势，甚至包括舌头抵住牙齿的方式。在葛柏丽的双手之间，火焰或退缩，或旺烈，或闷烧，或咆哮。火像喷泉中的水花玲珑跃动；燃烧殆尽后又像蘑菇云似的重新喷发。她将火苗塑造成各种形状：一只手，一头狮子，一张脸——仿佛在空中作画，茉莉安不由得想起了圣诞老人的火鸟。

茉莉安模仿她的每一个动作，虽然不尽完美，但对于她自己来说，进步是前所未有的。她甚至能自己喷出一只火鸟——拖着长长的火翅膀的乌鸦——将它送上天空时，她忍不住欢呼起来。不完美，但这是她的。这节课就像深沉的冥想一般，让她沉溺其中，连时间飞逝也感觉不到。不知为什么，她与烈焰的联结似乎更顺畅了。更快了。几乎可以说是天衣无缝。

她甚至试了试“循环换气法”（钱达夫人热情地为她解释了这个概念），不过不太成功。幽灵时段的一大难题就是，不能举手提问。茉莉安只能依赖当时上课的学员来发问，所以除非他们比她年纪小、比她技术差，否则她的疑惑仍然无处可解。即便她在课后想着去问科纳尔、索菲亚和路克，他们也很难在实际操作上给她什么建议。毕竟，他们都不是奇迹锻工。

在这堂课上，葛柏丽只说了一次话。那位年纪不小的奇迹锻工莫里斯·布莱德沃停下来看着她，像惊呆了似的，跟不上节奏了。

“你是怎么做到的？”他指了指她的手问道，“我看不清它是打哪儿来的。”

“打哪儿来？什么东西？”葛柏丽被打断了，似乎很恼火。

“火焰。”布莱德沃说，“刚才它是完全熄灭了吧。可你又让它复燃了，那么快，好像轻而易举。”

布莱德沃——还有茉莉安——认真地看着葛柏丽示范。只见她将自己的前臂燃成了火炬，然后让火苗渐渐缩小，吱吱声蔓延到指尖，直至完全熄灭。

不对……不是完全熄灭。

葛柏丽举起一根手指，往前一伸——茉莉安看见一撮非常微小、几乎看不见的火星在她的皮肤边缘徘徊。

“没熄灭。懂了吗？”葛柏丽说。

她俯下身子跑了起来，指尖擦过屋顶，随即向上一扬——

宽阔明亮的弧线铺上半空，在后方留下一条完美的火焰轨迹。

“只要一点儿小火花就行，”她耸耸肩说，“星星之火，可以燎原。”

茉莉安呆呆地望着火焰、奇迹锻工和整个幽灵时段消失在面前。屋顶上只剩下她自己。

星星之火，可以燎原。

她反复咀嚼着这句话，望着指尖上的火星渐渐熄灭。微小的、瞬间的、几乎看不见的……星星之火。

茉莉安深深吸了一口气，咧开嘴笑了。她觉得浑身充满了干劲儿，兴致勃勃——已经好久没有过这种感觉了。她莫名地相信，永泊镇的乱局困境，一定有法可解。

她心里充满了希望。她也说不清为什么，毕竟，什么改变都尚未发生。

或许不该这么说。改变还是有的。是她变了。她觉得自己更像一个真正的奇迹锻工了。她觉得知识可以让一切变为可能。她思虑过度的头脑清醒了，肩膀也舒展开了。这么长时间以来，她第一次感受到了……平静。

突然，身后响起的声音让她肾上腺素激增。

在她的头脑做出辨认之前，她的心已经怦怦急跳着发出了警告。

茉莉安慢慢转身。以斯拉·斯考尔轻哼的旋律，就像蜘蛛钻进皮肤般骇人。

8

恶魔斯考尔

明亮的日光黯淡下来。空气中弥漫着木料烟尘的刺鼻气味。

“这就是他们拿出手的最棒的玩意儿？”斯考尔的嘴角滑过一丝哂笑，“已经死翘翘的、无关痛痒的奇迹锻工，还有他们已经死翘翘的、毫无用武之地的智慧？”

茉莉安一言不发。她摩挲着指尖，感到一阵微微的温热。火星仍未熄灭。

她注意到他的模样和从前一样。整洁、从容、审慎，就像一幅冻结在时间里的肖像画。蓬松的灰棕色头发梳得整齐，两鬓泛着银光，苍白的光滑皮肤仿佛死亡面具，唯独跳脱出来的，是眉上的那道伤疤。他的眼睛是那样浓的黑色，几乎不透一点儿光亮。

然而——只要她眯起眼睛，只要他们离得够近——那轻轻抖动的虚空围绕着他，让她安心。她知道，这意味着侵入永泊镇的只是他的意念神思，而不是身体。

他大摇其头："说说吧，自打咱们上次分别，你有没有学到哪怕一丁点儿东西？"

茉莉安俯下身子，将指尖按在地上，沿着屋顶向前跑去，在身后留下火红的轨迹。她得胜似的大叫一声，像葛柏丽那样扬起胳膊，把弧形的火光送上蓝天，任由熄灭后的烟圈飘浮着盘桓不去。

她走回斯考尔面前，深深呼吸，目光炯炯。

"我学到了很多。谢谢。"

低沉的咆哮突然响起，一群巨大的猎犬从暗影中浮现。茉莉安觉得喉咙发干。果然，以斯拉·斯考尔走到哪儿，烟与影的追猎者就跟到哪儿。它们兜着圈子，皮毛黑得像沥青，眼睛红得像余烬。烟尘的气味灌进茉莉安的鼻孔，逼出她的眼泪。

斯考尔望着她，无动于衷。"距离你该达到的水平，可以用光年计算了。奇迹社团让你以为自己学会了飞，克罗小姐……但我此刻看到的，不过是一只可怜的小鸟，她甚至无法理解自己何以被关进笼子呢。"

"那还挺有趣的。"她说，"我此刻看到的，是一个孤独可悲的杀手，唯一的朋友就是一群烟尘狗。我并不怕你，斯考尔。"

他笑了："能被你肯定，我深感欣慰啊。"

最最奇怪的是，茉莉安发现这是真话——某种程度上是。

斯考尔突然出现在屋顶，让她惊讶，又不太像惊讶。她并没有感受到以前不期而遇时的那种深深的恐惧。或许是因为，和童年的他共度幽灵时段之后，她就一直把他看作普通男孩儿了。

或许是因为，熟悉了，习惯了。

多奇怪的念头。

“我早就告诉过你，你该学的东西，奇迹社团里没有谁能教你。哪怕是了不起的格丽泽尔达·伯莱里也不行。只有我。克罗小姐，我是你最好的也是唯一的选择。”他微微歪着脑袋，“别再闹着玩儿了。我是来宣布正式安排的。”

茉莉安眯起眼睛：“什么意思？”

“做我的学徒，”他说道，“学习我能教给你的一切。勤奋刻苦，全神贯注，最终成为你该成为的那种奇迹锻工。”

“噢，这样啊！”她略带困惑地笑了笑，“那么，抱歉——我究竟能从这‘正式安排’里得到什么呢？”

斯考尔挑起眉毛：“拥有无可比拟的渊博知识，成为自由邦最有权力的人？不再纠结于这些早已逝去的原景重现，不再围着这些幽灵般的二手资料转悠？除此之外，你还想要什么？”

“没错，把这些都撇开吧。”茉莉安说，“我想要的你全都给不了。因为我根本不想从你那儿得到任何东西。奇团有我想要的一切。”

“但没有……解药。”

这几个字盘桓在空中。茉莉安和斯考尔凝视着对方，沉默了几秒钟。

“治什么病的解药？”她忍不住先开口了。她的心跳加快了。

他没有回答。他不需要回答。

茉莉安不可思议地摇了摇头：“你只是想给我解药？”

她瞥见他脸上转瞬即逝的戏谑：“当然不是。但如果你答应做我的学徒，我就能治愈所谓的‘空心痘疹’，还能将它彻底消灭。我们俩一起，消灭它，根除它，一劳永逸。”

“我怎么知道你不是在骗我？”她步步紧逼，“也许它根本无法根除呢？”

“你觉得我会造出自己除不掉的东西吗？”

茉莉安只觉得热血喷涌。她张开嘴，又闭上了。她的猜测得到了证实，但同时她更感到怒不可遏。

“我早就知道是你干的！我告诉过他们了！”她前前后后地踱步，指尖上的火花烦躁地跃动着，“那不是什么传染病，对吗？那是你造出来的恶魔！我说得对吗？”

斯考尔不说话，也没反应。

“为什么？就因为你喜欢杀人、伤人？还是说，这是你的另一项测验，就像邪灵黑市一样？你造成这么大的破坏，引发这么多的痛苦，就是为了逼我——”茉莉安没有说下去。头脑的运转速度比嘴巴措辞快，所以当思绪触及关键点时，话音戛然而止。她撇着嘴，感到恶心无比，“——就是为了逼我成为你的学徒？”

斯考尔的脸上毫无表情。

“我猜对了。”她的声音低沉而愤怒，“我猜对了，是吗？你只有靠敲诈才能得到想要的——”

“你可越来越夸张了。”这就像一种羞辱——他轻柔、冷静的声音和她内心蜂巢般嗡嗡作响的怒意形成了鲜明的对比。她想扔东西砸他。她想抓住他摇晃。“而且还有点儿狂妄自大——你该知道，世界不是以你为中心的。如果我唯一的目的就是哄骗你当学徒，我有的是更高效的办法。”

“我不相信你。”

“你一向如此。”

“所以，到底是为什么？”她追问道，“到底为什么造出空心痘疹？难道只是你的恶趣味？”

他恼怒地微微一叹，像呼一口气似的那么轻。“我可没说过要给你解释，克罗小姐。我从不打算向任何人解释我的所作所为，此刻也一样。我说的是，我可以给你解药。这就是我的价码。”

“或许我们并不需要你。”茉莉安轻轻地扬起下巴，将双手攥成了拳头，“布兰布尔教授就要找出治疗方法了。”

听了这话，斯考尔仅有的反应只是充满同情的一笑。茉莉安不禁觉得后颈发凉。

“快点儿吧，这也不是多让人为难的选择。做我的学徒，拯救所有的奇迹动物，成为永泊镇的大英雄！呜呼！好棒！万岁！

哎呀，说不定他们还会给你颁个奖牌呢！”

斯考尔低低地吹响口哨，阴影中的猎犬便顺从地围到他的身边。“我可以给你几天时间考虑我的提议，但是别拖得太久。情况可比你已知的糟糕多了。这一点，你很快就会自己弄明白的。到时候你就会来找我了。”

茉莉安抿着嘴：“我永远也不会——”

“你会的。”他用闲聊的语气平静地重复道，“到虚空线路来找我。”

“虚空线路关闭了。”她针锋相对地回敬。

斯考尔闭上眼睛，鼻梁上挤出了皱纹，他摇摇头，仿佛她说了什么可笑的话。“克罗小姐，永泊镇有多少地方处于休眠中或死灭中，你早晚会知道的。它们正耐心地等着你将它们复活呢。你早晚会明白，只要稍微努力一下，这座城镇就将臣服于你的强势。”

斯考尔和他的猎犬准备离开，似乎打算直接从屋顶上跳下去似的。

“哦对了，还有一件事，”他突然刹住脚，转身看着她，“我得提醒你，他们就要亮牌了。”

茉莉安皱着眉头：“什么？”

“奇迹社团，”他说，“亮牌，关于奇迹锻工的牌。关于你的牌。快了。奇团现有的官方路线——奇迹锻工是恶魔，奇迹锻工是所有灾难的根源——已经守了太久。你等着瞧吧，它很快就会变成——奇迹锻工将消灭恶魔，奇迹锻工会解决所有的难题。”

“不会吧，”茉莉安垂着眼睛瞥着他，“这也太糟了。他们会叫我救苦救难吗？那可怎么办啊。”

“你一筹莫展吧。”

他再次转过身，裹紧烟尘暗影，准备离开。而这时，茉莉安终于大声问出了她真正想问的问题——埋在她心里好几个月的问题。

“你为什么要杀死他们？”

问出这句话，她已经用尽了所有勇气。她甚至为自己的大胆而惊讶，惊讶得浑身发抖。斯考尔停住了，但是没有转身。猎犬低声咆哮，发出警告。

“你为什么要杀死其他奇迹锻工？为什么要杀死你的朋友？”

斯考尔仍然静静地站在那儿，一动不动。

“他们是那么信任你。”

她没看见他动，但他瞬间就冲到了她面前，像悬在空中似的若隐若现。苍白冷漠、毫无表情的面具揭开了，露出了那背后的黑眼睛、黑嘴巴、獠牙锋利的野兽。烟与影的追猎者哀哀呜咽——就连它们也怕他。

恐惧扼住了茉莉安的喉咙。她本能地想要退缩、逃跑、闭上眼睛不去看。但她不允许自己那么做。她屏住呼吸，凝视着恶魔斯考尔，将他的模样牢牢记住。

“同样，你早晚会明白，”他恶狠狠地说，“奇迹锻工没有

朋友。”

茉莉安忍不住想要往后退，仿佛他的话会烧死自己。

面具恢复了。平静、苍白、冷漠。或许是大理石雕成的吧。那么平平无奇。她甚至觉得，隐藏在后面的恶魔面孔——他真实的模样——说不定是自己想象出来的。

随后，他消失了，只留下一缕黑色的烟尘。

9

星星之火

斯考尔和他的猎犬消失在虚空之中。茉莉安又在屋顶上待了一会儿。她深深地吸了几口气，两只手紧紧地按着，免得它们止不住颤抖。

她迷迷糊糊地往楼梯间走，努力地想要忘记斯考尔那张狰狞的面孔，可他的话却在脑海里盘桓不去，一遍又一遍。

情况可比你已知的糟糕多了。

医院里已经挤满了昏迷不醒的奇迹动物。人们害怕遭受袭击，吓得不敢出门，奇迹动物被迫接受宵禁，否则就会被逮捕。丢卡利翁大饭店不知道什么时候才能再开张。人们失去生命，而怪病无药可医——或者，更确切地说，怪物难以摧毁——到底还有什么比这些更糟？

她走下最后一级台阶，跨进傲立楼热闹的大厅，这时，突然有人抓住了茱莉安的胳膊肘。

“茱莉安！”

“啊哟！卡当斯，怎——”

“你刚才去哪儿了？”卡当斯拖着她挤过大群学员，往大门走去，“你错过了有机巫术研讨会！”

“我去屋顶了。等等，我得——”

“别管那些了。快出来。你必须得看看。”

“卡当斯，等一下，”茱莉安想往后撤，但她的朋友紧紧地拉着她，“我得先跟你说件事。”

“以后再说吧。眼下这件事更重要。”她们一路挤到大门外的大理石台阶上，卡当斯终于松了手。十几名学员站在那儿，神色慌张。

长长的车行道尽头，奇团高大的铁门外面，一大群人正聚在一起吵吵嚷嚷。数百人举着标语，冲着一门之隔的奎恩长老、黄长老和萨加长老大吼大叫。因为离得太远，茱莉安看不清标语上写着什么，但听听那些愤怒的叫声也猜得出，那必定不是什么友善的话。

卡当斯和茱莉安在最下面的台阶上和兰伯斯碰了面。兰伯斯紧紧抱着一大篮从巫术研讨会上拿来的奇怪草药，心神不宁。

“又是他们。”她冲着车行道努努嘴。

尖细刺耳的啸叫声让大家都捂住了耳朵，随后，一个沙哑难听的熟悉声音响起，回荡在奇团里。

“我们要求正面回应！”劳伦特·圣詹姆士叫道。他的追随者立刻也跟着嚷嚷起来。和茉莉安上一次所见相比，永泊镇热心党的成员似乎增加了不少。“我们要求公布真相！我们要求奇团交出凶手和暴力袭击者，不再包庇他们！”

人群的吼声震耳欲聋，震得扩音器又啸叫起来。

“我们包庇哪个凶手了？”一名高年级学员倚着柱子，怒气冲冲地说，“那个奇狒已经掉进鸠罗河里淹死了啊！我们怎么个包庇法？”

“这几位，贵团所谓‘高级长老院’的这几位，拒绝保护努力工作的普通公民。”

消息在傲立楼里传开了，越来越多的学员拥到了院子里。萨蒂亚和安娜伊挤了过来，和茉莉安、卡当斯会合了。

“怎么没有人辩护呢？”萨蒂亚嚷嚷道。她挽起袖子，好像要冲过去大打一架似的。“咱们应该到那边去帮忙！”

“对，应该去。”茉莉安赞同道。她不愿意眼睁睁地看着三位长老孤零零地站在那儿，独力面对一大群愤怒的乌合之众——哪怕中间隔着一道铁门。按理说，她应该更担心矮小年迈的奎恩长老，但情况特殊，她转而盯住了萨加长老。要是热心党的那些人冲进铁门，他会怎么样呢？她清楚地记得夕阳大联欢时，宾客们掉转枪口针对芬内斯塔的情景，其速度之快，令人瞠目结舌。

“我们就是从那边过来的，”卡当斯说，“事情发生时，我和兰伯斯正好从幽鸣森林里出来。”

“那你就不能……唔，你懂的，催眠他们？”萨蒂亚问，“弄出你那种滑稽的声音，让他们都闭上嘴巴滚回家！”

卡当斯翻了个白眼：“‘我那种滑稽的声音’可没那么大威力，萨蒂亚。那么一大群人，我怎么挨个儿催眠啊？不是那么回事。再说，是奎恩长老命令大家回到傲立楼的。”

“他们不希望事情最后变成双方对峙。”兰伯斯解释道。因为咬着下唇说话，她的声音有点儿发闷。“长老们想让他们冷静下来。”

“可是，看起来效果不怎么样啊，”萨蒂亚说，“只是老实听着，他们就变本加厉了。”

“必须将那头残忍的奇豺绳之以法！”圣詹姆士气势汹汹，激起一阵阵附和，“我们要求立即将她交付警方接受询问！”

“要是她能开口辩解就好了。”安娜伊轻声说道。大家不解地看着她。只见她还穿着医护服，眼圈红红的，好像刚刚哭过，或是就要哭出来了。“哪怕说一个字也好啊。为她们祈祷……”

“奇豺是怎么回事？”茱莉安问。

安娜伊吸了吸鼻子：“是今天早晨的事。一位奇豺闯进医生办公室，袭击了一位老人。老人当场身亡，奇豺……她，她当然在这儿，在教学医院。”她用袖子擦了擦鼻子。萨蒂亚搂住了她的肩膀。

“我们这边，一个；他们那边，两个。”茱莉安一回头，看见说话的人是918团的一个男孩儿——他几乎就是人类男孩儿的模样，唯独精致的胡须和粉色的鼻头，透露出他其实是奇猫。

“什么意思？”他的朋友问他。

“死亡名单。”奇猫忧郁地解释道，“现在两方不平衡了。奇迹动物死了一个，人类死了两个。他们就觉得自己在道德上占上风了，不是吗？”

茱莉安的脑海里回响起索菲亚的声音：我们都在同一战线。

可如今想来，这更像是一句空话。

“诸位心存恐惧，我们理解。”奎恩长老大声说道。她的声音虽然细弱，却很沉稳。“诸位想要解答，我们也理解。但是把感染疾病的奇迹动物看作暴徒甚至凶手，于事无益。他们生病了，是致命疾病的受害者——”

“我们知道谁才是真正的受害者！”一个女人紧攥着门上的铁栏杆，被人一左一右地搀扶着，“我的罗比才二十五岁！他本来还有大好的人生！”她愤怒地摇晃着铁门，“谁来给我儿子一个公道！”

茱莉安心里一沉。罗比。肯定是那个在码头上遇袭而后丧命的男孩儿。

“对你的不幸遭遇，我们深感遗憾，”奎恩长老说，“并向你和你的家人表示深切哀悼——”

“他们只会深切哀悼，”圣詹姆士和抗议者阴阳怪气地讥讽道，“他们只会深感遗憾。可哀悼和遗憾也没让他们放弃包庇杀人犯！”

“他这是有备而来啊。”有人在茱莉安耳边低声说道。她转过头，看见霍桑和马希尔也赶来了。“他是不是随身带着扩音器，走到哪儿都要大嚷大叫地讨人厌呢？”

圣詹姆士的质问声里夹杂着咣啷咣啷的声音——人们紧紧抓着铁门，用力地前后摇晃。奎恩长老想再说些什么，抬起双手试图安抚人群的情绪，可她的声音立刻就被淹没了。

“他们疯了！”马希尔说，“看啊，他们想破门而入！”

是的。抗议者变成了暴徒——名副其实的暴徒。这样的暴徒，茱莉安只在故事书里读到过。那本书讲的是荒芜已久的村庄和住在森林里的女巫。

“你看啊！那个人拿着干草叉！”霍桑睁大了眼睛，声调高了八度，“谁家会有干草叉啊！我都不知道那玩意儿是干什么用的！”

“不管了，”萨蒂亚说，“我要过去帮忙。三位长老怎么可能扛得住这个阵势！”

茱莉安再次想起了索菲亚早上说过的话：我们不会用心法欺压他人，奇迹社团不是那样的组织。但此刻的情况，是不是可以另作考虑呢？毕竟，这不是要推翻议会，而是要保护奇团不被乌合之众所伤啊。

“是刨地或者叉东西用的吗——”

“闭嘴，斯威夫特。谁跟我一起去？”萨蒂亚目光炯炯地看着大家。

“别去。”兰伯斯突然扔掉了怀里的篮子，两只手紧紧抓住了萨蒂亚的胳膊。草药撒了一地。“别去，萨蒂亚。这不是好主意。”

“你是以预言者的身份说这话，还是以胆小鬼的身份？”

兰伯斯想了半秒钟：“两个都是。”

然而，长老们也注意到了人群的情绪变化，注意到了迫近的危险。他们放弃了毫无可能的和解，撇下铁门外面的暴徒，迅速沿着车行道朝傲立楼走来。

这时，挤在一起的学员们突然向两侧分开。傲立楼里涌出了一群教师和列车长，围着学员们，把他们往楼里赶。

“所有人，进去，马上进去！”迪尔伯恩厉声命令道，“又不是交通事故，有什么可看的！列车长，看好你们自己的团！”

“糟了……”兰伯斯望着长老们，轻声说道，“他们走得太慢了。”她双手拢在嘴边，用大家都没听过的洪亮声音喊道：“快点儿！走快点儿！快啊！”

茉莉安浑身一颤，感觉到了一种特殊的寒意。这种寒意只有在兰伯斯做出预言时才出现。她看了一眼卡当斯，无须多言，两人立刻跟着兰伯斯喊了起来。

“快点儿！快啊！跑起来！”

“姑娘们，别喊了。”欢悦小姐把他们拢到一起，“好了，919团，走吧。到楼里去。快。”

“可是，欢悦小姐，看——”

“现在就走，萨蒂亚。”

“不，你看啊！欢悦小姐，快看——”

有些人开始翻越围墙。有些人使劲儿地砸着铁门上的锁——用石头或者砖头之类的——哐啷哐啷的声音震耳欲聋。他们涌进院子，发疯似的怒吼着，径直朝着傲立楼冲去。长老们在车行道上停下了，转过身直面这群暴徒。黄长老扬起双手，好像这样就能命令他们止步不前似的。

迪尔伯恩顾不上外面的学员了。所有人——年长的，年轻的——都愣在台阶上，被眼前的一幕吓得目瞪口呆。傲立楼里面，校园的角落，或是说不清哪个地方，突然冒出了许许多多的奇团成员，仿佛无声的警报拉响了，一呼百应。他们沿着车行道向前冲，冲去保护长老们，保护自己的社团。列车长们努力地想要拉住低年级的学员，但只是徒劳。

吱——嘎，咔啦啦，咔啦啦。迪尔伯恩面目扭曲，将身躯让给了咆哮的穆加特罗伊德。她的脸和手都挂着冰霜，已经做好了战斗准备。萨蒂亚把关节捏得咔咔响，钻到欢悦小姐的胳膊底下，急切地想加入大人的行列。

就在这一刻，茉莉安不再左右摇摆。她看清了眼下的形势，赞同索菲亚所说的，也相信兰伯斯的预言。

“萨蒂亚，快回来，”她一把抓住她的斗篷，“你冲过去只会添乱。奇迹社团可不是那样的组织。”

“什么？可我们就是——”

“不，”茉莉安坚持道，“不对。你不记得自己说过的话了吗？暑假前我们大吵一架，那时你说你一直在学习离神。是你说的，那非常非常重要。凝神和离神，这才是奇团该做的事。我们要帮助人，而不是欺压人。”

萨蒂亚像瞪着疯子一样瞪着她。“噢，真是不好意思，我可没学过如何对一群愤怒的暴徒实施离神。你想让我怎么做？从生日蛋糕里跳出来吗？”

她扯过自己的斗篷，向前跑去，和那些奇团成员一起跑向车行道。

“萨蒂亚，快回来！”安娜伊急得大喊。

茉莉安觉得，眼前的一幕幕像是按下了慢放键——暴徒冲向了长老。她最担心的事发生了：歇斯底里的人们立刻将萨加长老团团围住。她握紧了拳头。

“后退！后退！”萨加长老吼道，“可别做出格的事！”

热心党煽动的暴徒举起了木头做的标语牌，仿佛正在阻挡什么凶蛮的奇状动物。不幸的是，奇牛长老被他们这么一激，本能地跺着蹄子，甩着脑袋，犄角晃来晃去，怒吼着进行自卫。

奇团成员冲上去保护萨加长老。两方阵营剑拔弩张，谁也不知道接下来还会发生什么可怕的事。而这时，茉莉安突然想起了自己指尖上跃动的微小火花，想起了它可以从星星之火变成燎原的烈焰。

一只小手抓住了她的手腕。

是兰伯斯。

“对，”她热诚地点点头，“开始吧。就现在。”

茉莉安眨眨眼睛：“什么？”

“星星之火……可以燎原。”兰伯斯将目光投向车行道，凝视道旁早已灭绝的火花树。那黑色的枝干直指向天，犹如细长的手指。

回忆跃入脑海，历历在目。那天，她第二次走进奇团，参加第一轮选拔赛……她恍然大悟。她抽回自己的手，避开心神不宁的欢悦小姐，朝着火花树跑去。

这和上课不一样，而更像是她第一次喷出火焰时的感觉。她又尝到了喉咙里冒出的烟味。

但这一次，她不害怕，不愤怒，也不慌张。

在这个瞬间，茉莉安感受到的只有平静和笃定。

以及被需要。

尚且不知道具体的步骤，但想要的结果非常清晰。

茉莉安想象着自己胸腔里燃起了火苗。她平稳地呼气，吐出细小的火星，一伸手就抓住了一朵。

她伸出手，将手掌按在火花树那石化的树干上。热量自胸膛涌出，蔓延向双臂，在血脉中汩汩流淌，又从掌心沁出。生命的活力就这样注入了乌黑冰冷的植物。

她闭上双眼，只觉得自己笼罩在煌煌光辉之中，甚至有些微微晕眩。世界缩成手掌般大小，仿佛全部浓缩于皮肤贴合树皮的小小方寸之间。火焰炽热的能量迎向寒冷与衰败，将其推向深渊，牢牢压制。像蛇蜕掉外皮，像久睡的人猛然惊醒，像死寂回春。像重生。

斯考尔的声音轻轻回响在脑海。

克罗小姐，永泊镇有多少地方处于休眠中或死灭中，你早晚会知道的。它们正耐心地等着你将它们复活呢。

茉莉安张开眼睛，望向头顶伸展的枝丫。淡绿色的火花摇曳着，仿佛片片嫩叶。橘黄色的火苗，淡黄色的火星，深棕色的火焰……明暗交杂的火光模仿着初秋的幽鸣森林。

从傲立楼台阶到奇团大门前的车行道两旁，数十棵枯败已久的火花树重获生机。绿油油的火焰枝条互相交叠，拱起，在两群人的上方搭成了绿荫。在这一幕奇观面前，所有人都静了下来。

灭绝了一百多年的火花树，复活了。

10

永泊镇的新威胁

“他们竟然开放参观了！”朱庇特边说边走进大堂。骚乱发生的转天恰逢星期六，他忙了一整晚，四处巡逻，以防感染的奇迹动物伤人。虽然才早上八点钟，可他已经把永泊镇各家报纸都搜罗了一遍，并且参加了专案组会议，和长老们交流过信息，回到丢卡利翁大饭店时甚至还带了些咖啡、酥皮糕点和新鲜橙汁。几个星期以来，茉莉安还是头一次看到他这么活力四射。“免费参观！整个周末！你们能相信吗！”

“谁？”杰克一头雾水，“参观哪儿？”

“公共离神事务局。参观奇团。”朱庇特扔给他一只棕色纸袋，里面装的是香喷喷的肉桂面包。然后又给了茉莉安和凯吉瑞一人一只纸袋。

他们三人正围在服务台边。茉莉安和杰克还穿着睡衣，凯吉瑞仍然是那身粉红色格子呢料制服，口袋里塞着带有金色刺绣的方巾——尽管丢卡利翁已经快一个星期没有开业了，但他还是那么一丝不苟。朱庇特提出，在暂时停业期间，所有人都可以带薪休假，但有些员工说他们宁可忙忙碌碌，还有些员工——比如凯吉瑞和弗兰克——本来就住在饭店里，也没别的地方可去。凯吉瑞一点儿也不得闲，不过他最近的主要工作是替朱庇特收发信息，以及处理取消预订的相关投诉。

“什么？他们竟然允许人们进入傲立楼？”茉莉安脑海里一下子涌出至少十二个理由，可以证实这是个坏主意，“他们疯了吗？傲立楼里有龙啊！还有爆炸！还……霍桑有时也会……惹事啊……”

“天啊，不是，不是到楼里去。只是在院子里溜达溜达。唔，也就是前院那一点点空地吧。怎么能让人们听到幽鸣森林的抱怨啊——简直能烦死人。不过即便如此——”（朱庇特被滚热的咖啡烫着了，一口吐在了花盆里，还吐着舌头，不停地挥着手扇风。）“——外仍参光奇团？嗡所未嗡！看咔——[1]”

他从胳膊底下抽出一叠报纸，得意扬扬地一张张铺在桌上，只见一篇篇头条新闻极尽赞美之能事，诸如：“火花树复活！”“树的奇迹，火的神秘！”“死而复生：我们曾以为永失的自然奇迹。”

1　被烫着的朱庇特含混不清地说话。——译者注

“霍利哒·吴可真细个——”他停下来，喝了一口冰凉的橙汁，“呼——霍利迪·吴可真是个天才。小茉，就算有人注意到那与你有关，或者说，那是你的杰作，就算有目击者对媒体讲了这些，可报纸上只字未提！没提到你，也没提到潜行特勤。真的，所有报纸上都没有。我全部读了两遍！”

自己的行动无人察觉，茉莉安倒是不怎么惊讶，毕竟在那么混乱的情况下，抗议者不太可能注意到有个学员用手按住了树干，就算看见了，也猜不出她在干什么。

可是潜行特勤的动静，怎么也无人察觉呢？即便当时大家都惊呆了，也不可能看不见那些突然冒出来控制局面的军官啊。他们及时出现，瞬间扭转局势；他们冷静地把狂乱的闹事者围起来，几乎不动声色地将那些人送出了奇团。

想到潜行特勤，茉莉安就有些不安。那是奇迹社团自有的执法部分，有一种特殊的神秘感和存在感。不管他们走到哪儿，都自带一种迫人的光环。她不明白，为什么所有目击者的叙述中都没有提到他们。

“还有更妙的呢，”朱庇特继续说道，“你们仔细看看，这些报纸里还少了什么。”

杰克翻了翻：“没提到空心痘疹。”

“没提到空心痘疹，”他的叔叔重复道，“没提到奇迹动物。所有人的眼中就只剩下火花树了。一百多年来，整个七穴，就没人见过它们燃烧，可现在——哗！热心党煽动起来的乌七八糟的声音，全都被这些神秘的树压下去了。就连抗议的事儿也没人提了！小茉，你不知道长老们有多高兴！他们总算能喘口气了！你的真法课程这就有了效果，我猜他们心里肯定暗暗欣慰！”

“暗暗欣……欣慰？”杰克正嚼着一口酥皮点心，叽里咕噜地说道，“那可真不容易啊！或许下一次，他们快被暴徒踩死的时候，有人出手相救，能得到他们的‘些微肯定’？”

茉莉安听到杰克为自己打抱不平，也觉得“暗暗欣慰”。她拿起一份《永泊镇前哨报》，只见头版刊登着火花树的大幅全彩照片，标题赫然在目：有史以来最伟大的生态复苏。

“你认为这是霍利迪处理过的吗？这样人们就……哎哟！”她左手的一根手指有点儿刺刺的，就像被昆虫叮了似的，已经难受了一早上，“这样人们就能忘了抗议的事儿？”

“那个女人跟永泊镇所有的编辑都有联系，”朱庇特说，“她昨天一整夜都没闲着，一家家地跑过去谈判。我不清楚他们谈了些什么，但就结果来看，不管各家报刊原本打算刊登什么内容，现在登出来的都是霍利迪提供的说法。哎呀，你们早上真该去趟奇团——人们都排着队要看火花树呢！”他不可置信似的摇摇头，笑道：“我真要对这位斡旋女王鞠躬致敬了！凯吉瑞，有人找我吗？”

茉莉安冲着杰克咧嘴一笑，杰克也冲着她扬了扬眉毛。那个愁眉不展、疲惫不堪地在丢卡利翁大饭店四处乱转的朱庇特不见了。茉莉安喜欢的那个朱庇特回来了。

“有不少。”凯吉瑞站得笔挺，递过一叠手写的纸条，“您的会计本周第三次询问，您打算支付多久的全薪工资，毕竟有四分之三的员工都在寻乐子——”

“他们没有寻乐子。”朱庇特说。

“这是她的原话，不是我说的。”

“老天啊，才刚过了一个星期而已！丢卡利翁暂时停业也不是员工们的错啊！我应该怎么做呢？让他们全都饿肚子？”

“我也是这么回答她的，”凯吉瑞淡淡地说道，“但她提醒我，丢卡利翁大饭店不是慈善组织，而且最近没有盈利，所以是不是重新开业重造辉煌——”

“不行。除非我们控制住空心痘疹，”朱庇特打断他，“或者找到有效的治疗方法。”

茉莉安坐直了。她等了朱庇特一整夜，要把斯考尔提出的条件告诉他。但她不希望当着这么多人的面谈这个，所以当朱庇特看向她时，她只是摇摇头：“待会儿再说。”

于是朱庇特转向凯吉瑞，问道：“那么‘大生闷气’又有什么新花样吗？”

丢卡利翁大饭店近期的奇怪状态，被他称作“大生闷气”。自打暂时停业那天开始，饭店里的怪事就层出不穷。一开始只是有些小情况，比如某个房间整个儿挪了位置，或是华丽的壁纸变成了光秃秃的砖墙。

慢慢地，楼上那些最豪华、最昂贵但如今空置的套房里，怪事变得越发离谱了。大饭店像是……睡着了。灯灭了，怎么修也不亮。暖气切断了，壁炉点不着，这么冷的天气里，呼一口气都能看见浑浊的白雾。甚至套间的大门都自己锁了起来，谁也打不开，连朱庇特也一筹莫展。

凯吉瑞、弗兰克和其他员工忧心忡忡。他们想尽一切办法，百般哄劝，想把入睡的大饭店叫醒，甚至还假模假式地办了一场假宴会。可丢卡利翁大饭店无动于衷，仍然一点点地陷入休眠，一套房间接着一套房间，一块地板接着一块地板。

面对这种情况，朱庇特拒绝迁就。他坚持认为大饭店应该成熟些，别再闹这种小孩儿脾气。而且，他还提醒大家，自己才是这里的老板，决定何时重新开业的人是他，绝不会被一幢建筑胁迫着去做什么。

但茉莉安认为，丢卡利翁大饭店不是在闹小孩儿脾气，而是实打实地伤了心。或许，空荡荡的大堂让它感到失落，静悄悄的房间让它摸不清状况，于是反应过激，偏离了轨道。自从停业那天起，茉莉安就对自己的房间格外友好，对每一次变化都大加赞美——不管多么古怪。最近，房间里冒出来一只饲养箱，里面全是黑乎乎的大蜘蛛。这简直是对茉莉安包容心的终极考验。可她见了只是点点头，还用振奋人心的声音说道："真灵活呀！有好多条腿！"

"十一楼、十二楼和十三楼现在已经完全处于休眠状态，"凯吉瑞说，"四楼的花房结了霜，吸烟室也流露出了明显的厌倦情绪。第二大宴会厅——据我近期检查——已是一片蚊子泛滥的沼泽地。”

“噢，是啊！”钱达夫人和玛莎从楼梯上走下来，“我昨天原打算把那里当作排练室的，因为我的音乐沙龙已经缩小到壁橱那么大了。可是，天哪，太臭了！太潮湿了！太可怕了！”

玛莎扭着双手：“可不是嘛，金灯笼鸡尾酒吧里面的灯闪了好几天，下一个要休眠的就是它了。”

“这个地方到底是怎么回事啊？”钱达夫人问道，“小朱，丢卡利翁大饭店是不是生我们的气了？”

“它不是生气，”茉莉安说，“是慌神了。可能还有些困惑。”

“它退化成小婴儿啦！”朱庇特把头往后一仰，声音回荡在大堂。大家抬头张望，只见那盏黑色的鸟形吊灯闪烁着，抖了抖虹光晶莹的翅膀。这景象颇有几分不吉，让他们不由得心里发毛。

所有媒体全都缄口不谈空心痘疹，这样的一天确实很难得。然而到了星期六晚上，它又登上了晚报的头版头条，因为仅是这一天的工夫就又有两起袭击事件发生。朱庇特下午就出门了，一整夜都没回来。

那天早餐后，茉莉安把斯考尔的要挟和条件都告诉了朱庇特。他的回答让她松了一口气。

“斯考尔是个骗子，”他激动地说，“你早就明白这一点，对吧？他这是故技重施，想用你的恐惧来对抗你。”

“那……你不相信，是他造出了空心痘疹？”

朱庇特扬起眉毛。“噢，我相信啊。他干得出这种事。但我不相信他有解药。就算他真的有解药——对此我深表怀疑：既然闹出了乱局，他又为什么要自己去收拾呢？——你也不必为此承担任何责任。小茉，我们绝不会让你卷进去，不管他怎么信誓旦旦也不行。”

“可是，如果——”

“你听我说，”他深深地望向她的眼睛，“他要经由虚空线路进入永泊镇，我们挡不住；但他要入侵你的头脑，这是绝对绝对不行的。我希望你不要再钻牛角尖了，好吗？”

茉莉安点点头。她深深地、缓缓地吸了一口气，问道：“朱庇特，你跟我说实话……你真的认为布兰布尔教授能找到治疗方法吗？”

“她每天都有新进展啊。”朱庇特答道。他说得这么肯定，茉莉安不信都不行。

当天晚上出了一件怪事。这件事即将改变一切，但当时的茉莉安完全没有意识到。

杰克回学校去参加乐队排练，茉莉安、玛莎和查理坐在空荡荡的大堂里，围着壁炉，吃着炸鱼、薯条和豌豆泥。（员工餐厅里已经没有暖气了。）这时，钱达夫人结束了晚宴约会回来了。今天邀请她的是“追求者周六”。

“亲爱的，你们看见凯吉瑞了吗？”

“应该在吸烟室吧，”查理说，“他想修修喷雾系统。吸烟室咳嗽得厉害。”

茉莉安的目光掠过钱达夫人的肩膀，看到她身后跟着一个邋里邋遢的年轻男人，肩上还挎着个大包。他望着黑鸟吊灯，满面惊叹。

“这位就是‘追求者周六’吗？”她八卦地小声说道，“他真是非常的……呃……”她不知道该如何形容：衣衫不整？胡子蓬乱？与永泊镇最知名的女高音共进晚餐而不修边幅？“真是非常……出人意表。”

玛莎咯咯咯地笑了起来。钱达夫人却一脸困惑。

“追求者？谁？啊，不，这不是桑德拉勋爵。我在前院碰见这位先生，他说他是来修煤气炉的。”

“煤气炉？咱们的厨房只用奇迹能啊。”查理一边往菜里洒醋，一边抬起头，皱着眉问道，“伙计，你是哪个公司的？”

那人没理会查理的问题，一路小跑过来，手伸进包里掏着什么。“你就是茉莉安？”他问。

茉莉安舔着手指上的绿色酱汁：“对啊。你是哪——”

咔嚓！

照相机的闪光灯晃得他们睁不开眼睛，等那个男人从前门匆匆溜走时，他们还坐在那儿面面相觑。

“喂！回来！”查理回过味儿来，冲出去追，但片刻就折回来了——毫无所获，一头雾水。

当时，他们都觉得这件事很奇怪，想不出什么门道，只好决定等朱庇特一回来（不管什么时候）就立刻告诉他。然而，到了第二天早上，茉莉安全都明白了。

奇迹锻工！

头版头条。大字，加粗，横贯《周末邮报》的封面。至于照片，大概是茉莉安这辈子最难看的一张。

“我脸上还沾着豌豆泥呢。”她郁闷地咕哝了无数遍。这张报纸像拆楼破碎机似的闯入她的生活，二十分钟之后，她还盯着看个没完。“他们干吗非得用彩色照片呢？”

“这是眼下最紧迫的问题吗？”朱庇特柔声问道。

“我脸上还沾着豌豆泥呢！”

他耸耸肩：“可以让你看起来不像标题写的那么危险。不幸中的万幸！”

“看起来像是脸上有鼻屎！”茉莉安瞪着他。

照片令茉莉安难堪，而事实上，第二页刊登的文章更糟。

茉莉安·克罗：永泊镇的新威胁？

本周五可怕的火花树复活之谜，今天解开了！

我们震惊地知悉，奇迹社团秘密收留了一名奇迹锻工，并为她提供了长达两年的教育。有人以不可名状的神秘超能力让灭绝已久的火花树重新燃烧起来，而罪魁祸首相信就是13岁的茉莉安·克罗。她的诡异能力，甚至连奇迹社团的高级成员都无法解释。

据奇团内部的匿名爆料者称，茉莉安·克罗本为冬洋国公民，非法入境自由邦后参加了奇迹社团的选拔赛。奇团成员身份使其免于驱逐出境之苦。

爆料者称高级长老院别无选择，为避免公众安全遭受威胁，只能吸纳克罗入团。

“出了奇团大院，谁知道她会干些什么？我们奇团人所说的‘危险个体’，其实就是她。所有人都不清楚她有什么心法，但她确实曾重伤过一名学员。”

这一消息使许多人震惊不已，因为他们认为最后一名在世的奇迹锻工——杀人狂魔以斯拉·斯考尔——已被驱逐出自由邦一百多年，且再也没有现身过，所以也不会有新的奇迹锻工出现。克罗的能力是承继自斯考尔，还是她自主拥有的，目前尚不清楚。没有人确切知晓克罗的邪恶能力是何本质，或是否会发生变异。

我们目前所知道的是，奇迹社团在近两年的时间里窝藏这一具有潜在致命性危险的武器。本刊认为，永泊镇公民有权知晓真相，获得回应。

截至本文刊发时，克罗的资助人——丢卡利翁大饭店的所有者、探险家联盟成员、著名的朱庇特·诺斯队长——依然无法取得联系，因此未做评论。

"'依然无法取得联系，因此未做评论！'他们随时可以联系我询问我的意见！要联系我简直轻而易举！"朱庇特怒道。茉莉安扬起眉毛瞥了他一眼。"好吧，也不总是那么容易。但事实是，他们根本就不打算联系我，因为他们知道长老们会把这个故事扼杀在摇篮里！噢，真有意思，火花树复活怎么就从'神秘'变成'可怕'了？昨天他们还称之为'奇迹'！你知道，我早应该——"

茉莉安突然气冲上头，一把扯过那份报纸，把它卷起来扔进了壁炉。报纸渐渐卷曲，烧得焦黑。这下壁炉满意了——当她愤怒地在卧室里来回踱步时，壁炉越变越大，几乎占据了墙壁的一半；火焰更亮、更烈，噼里啪啦的声音更响，就像在恳求她把那可恶的玩意儿扔进它烈烈燃烧的肚子里。

"很好，"朱庇特点点头，清清嗓子说道，"干得漂亮。"

"谢谢。还有吗？"

"有的是。赶在别人看到之前全买下来了。"他斜着眼睛看她，"如果你愿意，咱们可以把它全烧了。"

“以后再说吧。”茉莉安一屁股倒在八爪鱼扶手椅里。椅子的腕足挥动着围绕在她四周，像一种无声的支持。“我不明白。他们是怎么知道的？我还以为没人看见呢！他们说的那个‘内部爆料者’到底是谁？”

“一个只顾自己谋利、不顾别人死活的十足大傻瓜。”

“你觉得是巴兹。”茉莉安都不用猜。

“我确定就是巴兹。”

“为什么？”

朱庇特的脸色暗了下去：“我知道巴兹的为人。”

茉莉安一只手捂着肚子。她觉得一阵阵犯恶心。

这一切都有一种令人毛骨悚然的熟悉。她生来就牢记着这种感觉——身为“被诅咒儿童”的感觉：永远是危险的，永远没有人信任，所有坏事的背锅王。难道她在永泊镇也面临着同样的命运吗？永远要担心新的指责和指控？

“小茉，听我说，”朱庇特站在床脚边，俯下身子，直视她的眼睛，“一切都会好起来的。我保证。这种事迟早都会发生。虽然比我或者长老们预期的时间早了许多，但这绝不是无法解决的困局。几份头版头条，几天的过分关注，而后一切都会平息下来的。等着看吧。”

茉莉安从来没见过自己的资助人错得如此彻底。

到了当天晚上，永泊镇的每一个人都知道了茉莉安的名字，因为它已经占领了晚报的所有头条。几个记者赶到丢卡利翁大饭店，在前院转悠，试图一睹奇迹锻工的真颜。他们叫着茉莉安的名字，想哄她出来。霍利迪费尽心机保护她不被人察觉，就这样被闪光灯毁了。

星期日的晚上，茉莉安飞速奔涌的思绪弄得她辗转反侧，于是第二天早上起晚了，差点儿赶不上家庭专列。卧室惯常的叫醒服务——像日出一般渐渐亮起的台灯，窸窸窣窣的鸟鸣——彻底失灵了。整个屋子里漆黑一片，静默无声。

"你怎么不叫醒我呢？"她烦躁不已，但随后就冷静下来，安抚似的拍了拍墙壁，"算啦，这也不怪你。今天的新窗帘不错啊！是……呃，是海藻吗？唔，挺……挺好闻的……"

茉莉安赶到站台上时，家庭专列已经停在那里了。她跑上车时，919 团的所有人都猛然抬起头，一脸尴尬地盯着她看（只有安娜伊还窝在豆袋沙发上打盹儿）。弗朗西斯伸出手，把收音机的音量调低了。

看来，他们也听说了。

"早上好啊，茉莉安，你没事吧？"欢悦小姐在车厢前面招呼道。她像往常一样，话不多，却浑身散发着暖乎乎的善意。茉莉安抿着嘴唇点了点头。引擎轰隆隆地发动了。"那就好。咱们走吧。"

"早啊，苦瓜脸。"霍桑乐滋滋地说。

她气哼哼地瞪了他一眼，挨着兰伯斯坐了下来。"那是豌豆泥。”

“如果我是你，我也会这么编。”他夸张地挤了挤眼睛。虽然茉莉安仍然在为那张照片生气，此刻却差点儿笑出来。差点儿。

“闭嘴。”她往霍桑脑袋上扔了个靠垫，冲着收音机努努嘴问，“怎么？在听什么？关于我的新闻？”

弗朗西斯不好意思地做了个鬼脸，调大了音量。

“……不不不，高级长老院是不会发表任何评论的，阿尔比，因为那全都是谎言。”收音机里传来低沉、稳重的男声，“这个茉莉安·克罗到底是什么人？到底来自何处？如果她的身份真如爆料者所言，又有何证据？得了吧，阿尔比，奇迹锻工一百年前就被驱逐出永泊镇了！现在你要大家相信，他化身为一个小姑娘了？”

“啊，爆料者不是这么说的，圣詹姆士先生，他们其实是说——”

“圣詹姆士？”茉莉安惊讶道，“就是那个——”

“对，那个永泊镇热心白痴。”卡当斯说，“嘘，听着。”

“要我说，”圣詹姆士咄咄逼人地抢过主持人的话头，“这无非是奇迹社团的蓄意恐吓策略。星期五，我们永泊镇热心党到奇团举行了抗议集会，而星期六晚上，所谓‘内部匿名爆料者’就爆出了大新闻。这就是奇迹社团传递出的信号：老实点儿，不要挑战我们，否则会有什么后果。看见了吧？我们会编出个奇迹锻工来对付你哟！”

“所以您认为整个事件都是捏造的？”

“确信无比。”圣詹姆士有点儿不耐烦了，“我想听听奇迹社团自己的表态。不——我想亲眼见一见。让我们看看这所谓的奇迹锻工有什么本事。如果一切都是假的，那么就说明，奇迹社团满口谎言、威逼利诱，压制反对他们的抗议者。如果真有这么件事……唔，那问题就严重了，得严肃处理才行。”

这豪言壮语激得茉莉安后颈上的汗毛都竖起来了。

她到底是什么？亟待处理的严重问题？

主持人轻咳一声。“这里是《早安永泊镇》，我是阿尔比·希金斯。听众朋友们，今早我们聚焦的话题是：新的奇迹锻工是否存在？这一说法是否谣传？现在我们进行连线——”

卡当斯伸手关掉了收音机。“我敢打赌，泄露消息的是巴兹。”

“朱庇特也这么说。”

“我得让他吐出实话来。他总是不记得我的心法是什么。今天他会去傲立楼开会，那之后我要好好问问他。”

“你在密谋催眠你的资助人，卡当斯。我应该假装没听到吗？”驾驶座上的欢悦小姐问道。

“多谢。”

“卡当斯！”

家庭专列到达奇团之后，欢悦小姐就领着919团穿过幽鸣森林，一路往傲立楼走去。大门那里又聚了不少人，她挡在茉莉安前面，尽量不让别人看见。

“他们肯定是来参观火花树的。”茉莉安说。

尽管这些树带来了麻烦，但她还是觉得很自豪。远远望去，车行道完全变了样。原本歪扭扭、光秃秃、黑漆漆、女巫伸手向天一般的枯枝不见了，取而代之的是炽热燃烧、千万种不同的绿色火焰。它在这样寒冷的清晨暖暖地亮着，有些地方还变成了橘色、古铜色和金色。茉莉安觉得，火花树让奇团更美了。

“他们已经取消参观了，”欢悦小姐说，“有些记者总是以参观为名溜进来，企图混进傲立楼，或是八卦地乱打听，都是关于——”她瞥了一眼茉莉安，不再说下去。

茉莉安再次向大门口张望，这才发现了一些之前没注意到的东西：数不清的相机，数不清的话筒。“关于我的。”

“不听，不看，不理会。”欢悦小姐告诉茉莉安，“也别到大门附近转悠。茉莉安，这股劲儿有个一两天就过去了。别担心。”

卡当斯没找到机会催眠她的资助人，因为原定周一召开的“凝神与离神大会”临时取消了。

“为什么取消了？你知道什么消息吗？”卡当斯问茉莉安。她们正要到地下三层的阶梯教室去上课。一位著名的哲学家来奇团做演讲，题为“我们为什么在这里？存在、死亡与道德的问题”（她们一致认为，星期一就安排这么无聊的课实在有些过分）。

“不知道，”茉莉安郁闷地说，“可能又发生袭击事件了吧。”

这时，她们听见有人在吸鼻子，于是就在走廊中间停了下来，四下张望。只见教学医院奠基人、阿瑟顿·卢斯科长老的纪念雕像后面，一个身穿医护工作服的小小身影蜷缩着，肩膀不住地颤抖。

“安娜伊？”

安娜伊吓得一下子跳了起来，小心翼翼地从雕像后面探出身子。她的脸憋得通红，鼻子一吸一吸的。“噢——是你们俩啊。我……我只是……”

“安娜伊，你怎么了？”茉莉安和卡当斯连忙跑了过去，“出什么事了吗？”

安娜伊似乎有些惊讶——不是因为她俩出现在这儿，而是因为茉莉安的话。

她吸了吸鼻子：“我……没什么。没事的。你怎么没到地下九层去找你的奇迹锻工朋友？”

她声音里的客气让茉莉安心里一颤。“以后再说地下九层的事。你为什么哭啊？”

安娜伊的脸皱成了一团。她摇摇头，眼睛里沁出了更多的泪水。“我不能告诉任何人。”她轻声说。

“你可以告诉我们。”茉莉安温和地劝道。

卡当斯点点头：“这是当然的。我们是你的姐妹啊。一生忠诚，记得吗？”

可这句话好像帮了倒忙。安娜伊半是震惊半是感激地看着卡当斯，眼泪不受控地往下流，哽咽得话都说不出来了。“这……这是……你对我说过的……最和善的话……”

卡当斯搂着她的胳膊：“对啊，我可和善了。快闭嘴吧。”

“深呼吸，安娜伊，平静一下，跟我们讲讲，到底出什么事了。”茉莉安说。

安娜伊哆哆嗦嗦地深吸一口气，轻声说道：“他们醒了。”

“谁醒了——等等，你是说奇迹动物？”

“嘘！”安娜伊紧张地看了看走廊，然后继续说道，“大部分元奇迹动物醒过来了，但辅奇迹动物都还昏迷着。”

“可这终归是好消息啊！是吧？”茉莉安没什么底气。而安娜伊紧紧闭上眼睛，摇了摇头。

“他们……他们不再是奇迹动物了。”

“什么意思？”卡当斯追问道。

“他们……”她抽泣着说，“奇状动物。他们变成奇状动物了。”

茉莉安瞪着她：“这不可能。”

“最先醒过来的是那位奇豹……呃，现在，或许只能称之为‘豹’了。星期六，她刚刚苏醒时，所有人都很高兴，可是……她不知道自己是谁，不知道自己在哪儿，也不知道自己是奇迹动物。她不会说话了，而且除了生肉，什么也不吃。我们对她讲话，她一个字都听不懂，不是害怕，就是生气。她走来走去，大声咆哮，就像笼子里的奇状动物。现在……”安娜伊忍住眼泪，“现在……现在她真的被关起来了。医生们给她打了一针，让她睡过去，再醒来的时候，她已经在笼子里了。”

所以，尤维拉·弗莱姆瑟已经苏醒了。星期六就醒了。

茱莉安想到了忧心难过的钱达夫人。她肯定会心碎的。要是她知道了这些，会是什么反应呢？

“他们把那些奇迹动物全都关进了笼子，”安娜伊抽噎着说，“那些特别危险的……豹子、布鲁特斯·布朗、那头豺，还有……我记不清了，一共有三十多位。他们大多数时候都服用镇静剂，可一旦药效过了……天哪，太可怕了。”

“那，辅奇迹动物情况怎么样？”卡当斯问，“他们醒过来之后，会不会也……他们本来就更……你们懂，他们更像人类……所以……”她看了看茱莉安，不知道该怎么说下去。

“目前还不清楚，”安娜伊用袖子蹭了蹭鼻子，“但露维奇教授说，他下个星期想把元奇迹动物转走。”

“转到哪儿去？”卡当斯问。她把手伸进背包一通翻找，找出一张皱皱巴巴但很干净的纸巾递了过去。安娜伊被这温柔善意的小小举动感动得无以复加，卡当斯则只是翻了个白眼。

“谁知道呢。我听见他和布兰布尔教授争吵来着。露维奇教授说，医院不是动物园，可现在他们对待病人的方式和动物园没两样啊。就像奇状动物关在——”

“卡洛！”走廊里传来尖厉的喊声，“安娜伊·卡洛！你在哪儿？我们需要人手！”

“是露维奇教授。”

安娜伊慌慌张张地擦了擦脸，拉平制服，没有再对茉莉安和卡当斯说什么。她跑了过去，就像什么都没发生过一样。

当天下午，茉莉安一直待在地下九层，和十一岁的艾洛蒂、以斯拉一起上水形罗织课。她一直无法集中精力，不是想着安娜伊说过的话，就是瞪着以斯拉出神——他竟然能在玻璃缸里造出波浪漩涡，轻而易举得让人生气。

这节课时间很长，内容很难，不过快放学的时候，茉莉安已经可以在无人踩踏的情况下让水洼溅起水花了。她达不到那两位学员的精准和迅速，而且很快就精疲力尽了。但不管怎么说，还是有进步。她真希望自己对水的控制也能像操控火那样自如。

然而，在回家的路上，发生了两件令人心烦的怪事。第一件事：当他们穿过幽鸣森林往站台走时，突然有人跳伞落到了茉莉安面前，然后把摄像机对准了她的脸。

“茉莉安·克罗，奇迹社团都教你什么？”那个女人上气不接下气地问道。茉莉安吓了一跳，愣在那儿什么也没说，什么也没做。女人似乎有了底气，又问：“你真的是奇迹锻工吗？为什么不给公众表演表演你的本事呢？我们知道这些都是骗人的，都是糊弄民众——”

“去！爬到树上去！”卡当斯怒道。跳伞者立刻扔下摄像机，毫不犹豫地照办了。这下，距离他们最近的一棵橡树可不干了。

“滚下去！”它嚷嚷道，“哎哟，你踩着我的鼻子了！你这坏蛋！”

他们扔下那个陌生人，任由她被树枝拍打，被高年级学员围观（他们好像更在意她违规爬树这件事，茉莉安心想，对她的发难诘问反倒不置可否）。

几分钟后，第二件恼人的怪事发生了——马希尔打开了欢悦小姐的收音机。

“……据农业部消息，”冷静的女声说道，“在经历了去年的惨淡收成之后，第五穴的泡泡果种植户们恢复了活力。接下来是其他内容。

“首先是来自首都的新闻。白银区商业巨头、新组建的永泊镇热心党党首劳伦特·圣詹姆士先生今天宣布，如有人能提供‘无可争辩的视觉证据’，证实《周末邮报》刊登的内容属实，即奇迹社团窝藏、教养十三岁的奇迹锻工茉莉安·克罗，他愿奖励知情者五万克莱。”

II
茉莉安·克罗大追捕

这个消息让919团惊恐不已。欢悦小姐生气地叹了口气，立刻冲过来把收音机关掉了。

“卑鄙！小人！”霍桑一拳一拳地擂着豆袋沙发，发泄着怒意，“臭老鼠！”

“五万克莱！”萨蒂亚喃喃说道，“这么多钱，全花光，就为了看看茉莉安是个什么蠢样！”

欢悦小姐无奈地制止她：“萨蒂亚！”

“怎么了？本来就是嘛。茉莉安，无意冒犯哟。”

卡当斯打了个响指：“噢，对了！那个跳伞的女人，就是为了奖金吧！她是想哄你使用心法，好录下来去拿奖金！真吓人！”

“还好你没有表演给她看。”阿占说。

“是啊，”欢悦小姐赞同道，“克制力很棒。”

茉莉安没说话。这跟克制力一点儿关系都没有。幸好下午的课让她身心俱疲，否则她说不定真会上当。

大家围着茉莉安，义愤填膺地计划着惩罚“小人圣詹姆士”（他们给他取了绰号）的各种办法。茉莉安却有些说不清自己的情绪。她试着寻找内心的痛苦或愤怒，却惊讶地发现，自己只是特别累，一门心思担心着安娜伊讲述的奇迹动物苏醒的事，根本顾不上这些新闻和进展。她大声嚷嚷起来，和大家一起投入地想象着报仇雪恨的场景，但在内心深处——已经不是第一次了——她觉得自己像是沉入了冰冷、幽深的湖底，而其他人则浮在水面扑打着，溅起层层水花。

回到丢卡利翁大饭店时，茉莉安脚步沉重，浑身疼痛，渴望着一口热腾腾的晚饭和热水澡。她不抱希望地祈祷，“大生闷气”千万不要波及厨房。她刚推开卧室门想出去，就看见朱庇特大步流星地冲了过来，脸涨得通红，疯狂地甩着胳膊和伞，把帽子扔在地上使劲儿踩。

“霍利迪·吴是个魔鬼！”

茉莉安莫名其妙地瞪着他：“你对她的评价怎么变了？”

“根本就不是巴兹干的！”他每说一个字，就往帽子上踩一脚，最后用力一踹，把它踹飞了。帽子滑过硬木地板，噗的一声撞上了远处的墙壁。“是她干的。或者，是他们干的。”

“谁们？”

“长老们！整件事都是他们和霍利迪·吴的公共离神事务局

一手炮制！”他把手插进乱蓬蓬的金发里，疯了似的来回踱步，雨伞一下一下地拍着大腿。“这是当然的。这就是他们干得出来的事，对吧？他们为了藏好秘密，转移公众的注意力，不管什么办法，不管对什么人，都无所不用其极！必要时可以牺牲任何人。这一次就发生在你身上了！”

“你到底在说什么啊？”

“那个‘奇团内部的匿名爆料者’，就是霍利迪·吴。高级长老院默许她这么做——不，他们授意她这么做！”

“什么？不，不会的。奎恩长老不会——”

“哼，奎恩长老会的。”朱庇特突然站住了，“长老应该做的事，她都会做。那就是把奇团放在首位。完美，漂亮。你还不明白吗？你复活了火花树之后，事情的走向在他们看来非常顺利：没有人再谈论空心痘疹，也没有人揪着奇团的处理方式不放。把你的真实身份泄露给《周末邮报》，这是霍利迪·吴的主意，相信我，长老们通过这一决意时可热情着呢。你知道吗，”他突然若有所思起来，“我这辈子还从没有这么生气过。这种愤怒简直可以装进瓶子里卖给别人，比如重量级拳击手之类。”

茉莉安觉得自己心里泛起了不安和阴郁，斯考尔的声音钻进了她的脑海。

他们就要亮牌了。

他真是这样料事如神吗？他所谓的“背叛”就是这个意思吗？

“可是，一开始要保密的，明明就是他们啊——是奎恩长老自己说的，所有人都必须遵守誓言，保守秘密……姐妹兄弟，什么来着，一生忠诚。他们全都是伪君子！”

“唔，”朱庇特咕哝了一声，“小茉，秘密不可能永远是秘密。它早晚要揭开，这些事也早晚会发生。但关键是，我原以为事先会有些征兆，好让我们有所准备。很遗憾，竟然是这种方式。真的，我觉得很对不起你。”

如果说茉莉安之前已经精疲力尽，那么现在她就连骨头也要化成粉末了。而此时，发现床变成了桌子，简直无异于压倒骆驼的最后一根稻草。

她叹了口气，倚着墙壁往下滑，最后一屁股坐在地上。爱谁谁吧，她疲倦地想道。

“我不明白，”她说，“对奇团来说，这不是更糟了吗？人们那么害怕奇迹锻工，现在却得知长老们窝藏了一个。这不是比空心痘疹还要可怕吗？这就像你有一盒子蜘蛛，然后为了掩盖这可怕的事实，告诉其他人，你还有一盒子……会在陆地上走路、会从气孔里喷硫酸的海豚。诸如此类。现在，那个热心党的家伙还要悬赏——”

“哦，你已经听说了啊。”朱庇特黯然。他走到房间对面，捡起帽子，一通拍打，总算将它恢复了原状。

“他们给自己找了个更大的麻烦，”茉莉安打了个哈欠，“我真的认为长老们没有考虑周全。”

“我也这么想。这个决定像是在巨大的恐慌之下匆忙做出的，因为——”他顿了顿，瞥了她一眼，像是在权衡该不该说下去，“因为星期六发生了一些事情，让他们意识到，情况比预想的更糟。人类和奇迹动物之间的裂痕越来越大了，他们需要转移公众的注意力，好赢得时间来思考对策。小茉，接下来的话，绝对不要传出去。这是非常敏感的——”

“奇迹动物苏醒了，”茉莉安淡淡地说道，“醒了之后，就变成了奇状动物。”

朱庇特睁大了眼睛。

“是安娜伊告诉我的。你可别跟露维奇教授告状。是我和卡当斯劝她说出来的。”

“好，我不告状。”朱庇特说，“那你也别告诉钱达夫人。她要是知道尤维拉·弗莱姆瑟的情况，肯定会心碎欲绝的。”

“嗯，我也是这么想的。等布兰布尔教授找到治疗方法就好了，”她斜着眼睛看他，“应该快了吧。”

“唔，每天都有——”

“每天都有新进展。是啊是啊，你一直都这么说。”茉莉安扬起眉毛，“朱庇特，如果，唯一能治愈空心痘疹的人就是……”

“不行。”他果断地拒绝了，“我知道你在想什么。请你立刻停止这样的念头。”

茉莉安火冒三丈：“你又不是我脑袋里的警察！”

“我说过好多遍了，斯考尔是个骗子。就算他说的是真话，他想要的东西和他能给的东西也一定价不对等。斯考尔不在我们的选项里。小茉，布兰布尔教授是饱学之士，真的，她就要取得关键性的突破了。我知道她一定做得到。”

斯考尔真的是骗子吗？茉莉安想道，奇迹社团“亮牌”的事，他可没撒谎。

朱庇特一拍手，笑道：“你一定饿坏了吧！我叫人给你送饭来怎么样？来份肋眼牛排——你需要补补铁。再来些绿色蔬菜。还有玉米，你喜欢玉米棒。当然了，还有汤，先喝汤——都吃完了再添一大碗桑葚冰激凌。你意下如何啊，亲爱的？”他已经出了房门，冲到走廊里了。“先洗个热水澡，等你收拾好了，晚饭就摆在门外了！噢——巧克力粉！当然了，是撒到冰激凌上，不是撒到汤里！不过……”

茉莉安知道，朱庇特是在逃避她的追问。布兰布尔教授的“突破”到底怎么样，她还没问出口呢。但她实在太累了，没力气生气了。她闭上了眼睛。

明天再生气吧，别忘了。她想着想着就睡着了。

第二天，茉莉安醒来的时候，还是半坐在原来的地方，耷拉着脑袋，舒服而放松，和记忆中睡觉的感觉没什么区别。变成桌子的床不见了，新的床连夜长出来了——环绕着她，软软的、暖暖的，像羊毛毯子做成的茧；羽毛枕头恰到好处地托着她的头和脖子，让她觉得像是浮在水上。

她笑了笑，享受着洒在脸上的明亮、温暖的阳光……快要再次坠入梦乡时，她突然一骨碌坐了起来。

阳光！现在几点了！她迟到了！

她从柔软的茧里跳了起来——颇费了一番力气——冲向通往站台的门，将手指上的印痕按向门上的圆圈……然而，门一动不动，冷森森地立在那里。

“怎么回事？快点儿打开啊！你这笨蛋！”

她试了又试，更用力地按着圆圈，可门还是毫无动静。

呃。睡过了头，错过了家庭专列，就会这样，是吗？她迷茫地琢磨着。

茉莉安低下头看看。她没换衣服就睡着了，制服压得皱皱巴巴的。没别的办法了。她抓起油布雨伞，冲出房门，擦过停在外面的餐车——牛排凉了，冰激凌也化了——径直跑下楼梯，却发现大堂里乱糟糟的。

“天啊，亲爱的，都这种情况了，怎么还不报警呢？”

“我已经报警了，钱达夫人，他们今早都来过两次了。”凯吉瑞说道。茉莉安还从没有听过他这么高声说话。“来了就清走一些人，可不久又有更多人涌过来。”

钱达夫人烦躁地在棋盘格地板上来回踱步，蓝色的丝绸便袍拖在身后。查理和玛莎轮流掀起窗帘往外看。芬内斯塔横眉立目地蹲坐在门口，除了尾巴像鼓槌似的一下下敲着地板，身体一动不动，犹如一尊雕塑。

外面吵吵嚷嚷的声音震耳欲聋，穿过了厚重的双开大门。茉莉安听懂那一字一句之后，只觉得恶心。

“滚出来！滚出来！奇迹锻工！滚出来见人！”

“出来吧！让我们瞧瞧你的本事！”

茉莉安站在楼梯上，紧紧攥着旁边的栏杆，脖子上的动脉突突突地狂跳起来。

芬内斯塔低声说：“凯吉瑞，我早说过，让我去对付他们。用不了一分钟，我保管那些贪婪的家伙屁都不敢再放一个。”

“我也说过一百万次啦，小芬，不行。”凯吉瑞回答道，“那都是趁火打劫的人，咱们谁都不能出面，尤其是你。诺斯队长吩咐得很清楚——”

小芬嗞嗞嗞地冲他发脾气。她正要找理由反驳，突然只听前院哗啦一声，紧接着有人尖叫起来。

玛莎大笑起来，但立刻内疚地捂住了嘴巴：“天哪，看起来他是要……老天，查理，那是……那是血吗？”

“想必只是黑加仑果汁。”

“到底是谁出的好主意？这种时候怎么能把充水气球交给弗兰克呢……噢，早上好啊，茉莉安！”钱达夫人一看到她就立刻装出一副云淡风轻的模样。她笑得非常开心，但茉莉安能看见她额头暴起的青筋。“亲爱的，昨晚睡得好吗？你瞧，这儿真是一切正常、风平浪静啊。咱们到吸烟室去吧？哎呀，你穿着制服可真漂亮，黑色真的很适合——”

“我已经知道悬赏的事了。”茉莉安说道。钱达夫人立刻破了功，倒在旁边的沙发上，用扇子给自己扇风。茉莉安都有点儿同情她了。

“噢，亲爱的，真是谢谢你，这种装模作样的把戏我一秒钟也忍不了。”她抬起头，担忧地打量着茉莉安，“你一定吓坏了吧。”

“没有。”她撒谎了。肚子疼了一下。“我没事。”

这和从收音机里听到的感觉完全不同。就连那个跳伞的女人，也可算作单独行动的怪人，多少有些可笑。但这里不一样。这里是她的家。而那些人就站在门外的台阶上。她当然吓坏了。

“这才对，你真勇敢。”钱达夫人说道。但她显然并不相信茉莉安的话。“扬起下巴，振作，加油！”

“朱庇特在哪儿？”

“今天一大早就被高级长老院叫走了，”凯吉瑞说，“不知道什么时候才能回来。”

茉莉安叹了口气，胡乱地抓了抓没梳理过的头发。她觉得中指指尖一阵刺痛，不过没有理会。“我打不开门，去不了919车站，所以也就没法儿到奇团去。我本打算乘伞轨车的，但现在看来……”

这时，外面又传来响亮的一声“哗啦”，随后便是厌恶的尖叫声。凯吉瑞不安地看了看门外：“恐怕不太明智。要不，今天干脆逃学好啦。”

“好主意！”查理说，“茉莉安，你从来不逃学，这可不太好。我一向都说——哎哟！怎么啦？”玛莎给了他一下，他大笑道，“真的，她真应该常常逃学才好！”

钱达夫人拍拍手说：“啊，我知道了，咱们今天过一个可爱的‘女生日’吧！玛莎，你也一起参加！还有你——芬内斯塔！”

“不。”

“我们要互相做头发，分享各自的雄心壮志，还有难以启齿的小秘密！然后——”她看到茉莉安脸上愁云密布，就紧紧地揽着她的肩膀说，“亲爱的，别担心。小朱肯定正在想办法呢。”

茉莉安也希望如此。不过其实，她最最希望的是，在钱达夫人对她的头发做出什么不可逆转的改造之前，朱庇特就能解决问题。

逃学一天，变成了逃学两天。紧接着变成了逃学三天。

朱庇特赶在午餐时间回来了一趟。他慌乱而暴躁地从员工通道冲了进来，对于长老们到底说了什么、想做什么，他半个字也没对茉莉安提起。他只是告诉她，通向 919 站台的门锁上了，并不是意外故障。

“我们可敬的高级长老院，”他咬牙切齿地说，“认为此时还让你到奇团去是很不安全的。因其不谨慎而造成的荒唐混乱，必须得到解决。他们决定等事态平息之后再让你去上课。”

（茉莉安才不信他们会用这么客气的字眼儿。）

每一天，长老院都会把朱庇特叫走，而他回来的时候，总比前一天更加沮丧，并且一直拒绝透露他们商议的内容。每一天，朱庇特都会带回欢悦小姐从各科老师那里收集来的家庭作业，但每一天，茉莉安都对此视而不见，只顾着搜罗那些最糟糕、最难堪的头条新闻。永泊镇的主流媒体似乎拿不定主意，不知道该把焦点对准空心痘疹，还是茉莉安。

巨额悬赏！

追踪奇迹锻工，或可大赚一笔！

医院院长："我们应付不了！"

奇迹动物造成的伤亡数字刷新皇家光翼宫官方纪录

斯考尔与克罗：合作伙伴？竞争对手？

奇迹动物袭击事件升级，警方加大打击力度

神秘的茉莉安：

从哪里来？有何居心？永泊镇热心党追索真相

“她的居心就是想一个人静静！”茱莉安咕哝着，把报纸塞进了壁炉里。

与此同时，丢卡利翁大饭店里的生活越来越像关禁闭了。人们不断涌来，把大饭店围得水泄不通，就像蜜蜂围着蜂巢转悠。他们在前院支起帐篷，不管白天还是晚上，都不挪动。大饭店像是被敌军封锁了。所幸，员工通道隐藏在迷宫般的石蛾巷里，目前还可以使用（凯吉瑞很聪明，把那褪色的“丢卡利翁大饭店”小牌子摘下来了）。

茱莉安当然也出不去了。她尽可能地远离大堂，在自己的房间里度过了星期二和星期三。她告诉大家，自己要做作业，但其实，她只是听烦了那些陌生人的大吵大闹。从她四楼的窗户望出去，刚好可以看到前院，她拉下厚厚的窗帘，把一切都隔绝在外。85 号房间似乎也领会了茱莉安的意图，挡住了所有多余的声音，牢牢地护着里面的小天地。

星期三下午，她从昏昏沉沉的状态中恢复过来，希望凯旋的朱庇特能说服长老们重新打开她房间里通向站台的门。但凯旋的却是芬内斯塔。她像叼着一只丑兮兮的小奶猫似的，叼着一个男人的衣领，从螺旋楼梯上小跑下来。玛莎和查理立刻跳起来挡住了茱莉安，不让她被陌生人看到。

“放开我！”那男人大叫道，“我要叫警察来逮捕你！你扯坏了我的衬衫！这是恶意攻击！”

芬内斯塔一脸厌恶地把他扔到棋盘格地板上。“这条臭虫在七楼鬼鬼祟祟地乱撞，被我发现了；他说自己是用滑翔伞从窗户飞进来的。我现在就要逮捕这个公民！凯吉瑞，给我拿一副手铐来！我要把这强盗铐起来！”

凯吉瑞疲惫地叹了口气：“我已经说过了，小芬，咱们这儿没有手铐啊。”

“什么？还没弄来？你这个前台真是的——喂！别让他跑了！”

但凯吉瑞已经拉开前门，把那个吓呆了的闯入者推了出去。玛莎和查理赶紧跑过去帮他把门重新关好、上锁，但茉莉安还是瞥见了外面的情况……她觉得外面也有那么一两个人瞥见了自己，因为叫嚷的声音陡然加大了。

“奇迹锻工，啊啊啊啊！”

“茉莉安·克罗是个大骗子！”

“看哪！是她！我看见她了！”

“如果你真是奇迹锻工，有什么不敢证明的！”

茉莉安深吸了一口气。她很想捂住耳朵，但还是忍住了。

“所以这是第几个？”查理问，“第五个？”

“第六个了！”玛莎说，“数数看啊，第一个假冒水暖工，第二个假冒邮递员，第三个声称是朱庇特失散多年的表弟……”

“……第四个声称是茉莉安失散多年的姑姑。”

“噢，昨天那个说自己是来大饭店应聘的！”

“玛莎给了他一个试用工的职位，”查理骄傲地笑道，“让他熨烫了三百条餐巾，然后把他轰了出去。”

玛莎自己也很得意："虽说偷工减料，但也算帮了大忙！"

茉莉安努力地笑了笑。她知道大家说笑话都是为了哄她开心，所以她不能流露出害怕和忧虑。但是，陌生人闯入自己家里，这真的一点儿也不好玩儿。

至少，这些投机者还耍了点儿小聪明，铤而走险试了一试呢。这比那些驻扎在门前台阶上的人勇敢多了。那些人就耗在原地，干等着她突然出现在……一阵邪风中？还是什么？他们难道以为她会披着长长的斗篷走出来，奸佞狂笑着，招呼一群怪物来对付他们？就像传说中的以斯拉·斯考尔那样？他们到底想要什么啊？

答案其实很简单……五万克莱。

可是，如果他们真的相信这笔钱唾手可得，那么也必然相信茉莉安真的有可能是奇迹锻工。而众所周知，奇迹锻工是很危险的……他们怎么敢凑得这么近呢？

"傻瓜为了钱，什么都干得出来。"这是凯吉瑞告诉她的，"贪婪能战胜恐惧。"

很快就有人为贪婪的力量推波助澜。星期四早上，茉莉安在吸烟室里听广播，得知"小人圣詹姆士"将悬赏金翻了一倍。

"十万克莱？"杰克尖声嚷嚷起来。

茉莉安扬起眉毛："他没办法了。快绝望了。"

"绝望地吸引更多注意力，是吗？这个星期，热心党天天占据头版头条。我敢打赌，对他那种人来说，这比十万克莱更有价值。”杰克停下来想了想，“茉莉安，要不这样，你表演一点点真法，我拍下来寄给他们。赏金四六分成，如何？”

“我六成你四成？”

“行啊，没问题。”

茉莉安开始讨价还价：“三七分成呢？我七成？”

“唔，不如一九分成，我九成。”

“那就别合作了。”

他俩装模作样地握了握手。杰克说：“以后可绝不能跟你做生意。”

前一天晚上，杰克突然从学校回来了。他对朱庇特慷慨激昂地演讲了一番，说自己应该利用本周剩余时间返回家，以团结支持茉莉安。（茉莉安偶然知道，杰克在星期四下午有一场物理考试，但他没有复习。不过她没有告发他。）整整两天没到地下九层去学习，也没有朋友们的陪伴，茉莉安烦心极了。有杰克在，不准进入奇团的禁令时期似乎就没那么难挨了。他们上午过得很开心，前院那些喊她名字的恼人声音几乎可以忽略不计。然而到了下午，情况突然恶化了。

悬赏金翻倍的消息让包围丢卡利翁大饭店的人增加了三倍，谁也不能假装他们不存在了。他们不再提出问题，甚至也不再喊茉莉安的名字。

他们只是一遍又一遍地呼喊着同一个字眼儿，仿佛那是能让她现身的咒语：

奇迹锻工。

奇迹锻工。

奇迹锻工。

当天晚些时候，又有一名意外之客到访丢卡利翁大饭店——大概不能算“惊喜”。

当时，茉莉安、玛莎、查理和杰克已经在吸烟室粉橙色的桃子烟雾（唤醒夏日的甜蜜回忆）里玩儿了一下午桌游，大堂里的高声争吵将他们吸引了过去。

“你不用这么剑拔弩张的，钱达，我只是来跟她说几句话。”

“礼貌点儿，请叫我‘钱达夫人’。至于你想要的答复，想必朱庇特已经跟你说过多次了，不行——”

“如果你们不介意的话，我想听茉莉安自己表态。”

“但问题就是，我们介意！”

霍利迪·吴身穿翠绿色的三件套西服，脚踩金色皮靴，一头乌亮的头发高高梳起，看上去就像时尚杂志的封面女郎。她身后还带着五六个人，都穿着黑衣服，拖着各式各样的设备——照明支架、巨大的摄像机，还有一大堆适合茉莉安的小码衣服。钱达夫人、凯吉瑞、弗兰克和芬内斯塔站在螺旋楼梯底下，像保镖似的拦住了他们。

“朱庇特在哪儿？”钱达夫人问道，“他知道你来吗？”

霍利迪漫不经心地耸耸肩，看了看自己的指甲：“他应该正在参加专案组的重要会议吧。”

“哦？这么巧。”女高音眯起眼睛，“霍利迪，你自己也是专案组的一员，不用我提醒了吧？为什么你不去开会呢？”

“因为我的重要工作是见见——啊！你来了！我们得直面问题解决它，你说是吧？”霍利迪紧盯着走下楼梯的茱莉安。

钱达夫人连忙转身，冲着她说：“茱莉安，你不用这么做！”

“做什么？”

“噢，干活儿了！开门之前必须把一切都准备好！”霍利迪拍拍手，她的手下便立刻行动起来，把那些像是拍电影用的设备都摆到了紧闭的大门前。“利兹，我改主意了，不要用红裙子，太有攻击性。婴儿蓝不错——看起来更像人畜无害的小姑娘。把头发给她收拾收拾，卡罗尔，前面的头发都用卡子别到后面去——得让他们看清她的脸哪。玛克辛，往她发亮的脑门儿上扑点儿粉，脸上涂点儿腮红——脸色太苍白，不好看。”

一群人蜂拥而上，衣服迎面而来，巨大的粉扑扑在脸上，呛得她打了个喷嚏，梳子上下翻飞，拉扯着乱蓬蓬的头发。茱莉安惊讶得愣在原地，都忘了要把他们赶走。

“好了，你的拿手本事是什么呢？”霍利迪问道，“火花树很漂亮，但我们需要点儿新鲜的，大胆有力的，又不能是危险的，不能让人们觉得自己受到了威胁。或者说，唔，应该像坐过山车那样，明白吗？刺激的。对，就是这个词。”

“你想让我出去……使用真法？”茉莉安紧皱眉头，“当着那些人的面？”

“她不是受人戏耍的猴子！”钱达夫人怒道。

但霍利迪充耳不闻，所有的注意力都在茉莉安身上。“劳伦特·圣詹姆士整天絮絮叨叨，一天一天地拿你当谈资。如果我们再不回应，话语权就落到他手里了。你不懂媒体和公众。诺斯队长也不懂。但是，我懂。对于这些人来说，你越是遮遮掩掩，他们就越是穷追不舍。

“在圣詹姆士的话术里，你要么是个神话传说，要么是个攻击角色；要么是奇团虚构出来的虎皮大旗，要么是永泊镇亟待处理的真正危险。我们必须改变这些预设，必须告诉人们，永泊镇里有一位奇迹锻工，也可以是件好事。那么首先要做的，就是证实给他们看：你的确是真正的奇迹锻工。茉莉安，劳伦特·圣詹姆士往你背上安了个靶子，我这就来帮你甩掉它。”

茉莉安摇摇头：“不对，拿我当靶子的人是你。给《周末邮报》匿名爆料的人，是你。朱庇特把真相告诉我了。”

霍利迪没有显露出一丝一毫的尴尬或歉意，而是走上台阶，正对着茉莉安的脸，用柔和平静的声音说道：“很好。你喜欢真相是吗？那么有些真相你应该知道。”

“这位夫人，您该离开了。”凯吉瑞坚定地说道。芬内斯塔亮出爪子，盯着那堆衣服，像是要扑过去把它们全都撕碎。弗兰克跑到门口去捣乱，挡着那个负责照明的女人，不让她放下灯架。

霍利迪却根本不理会他们。“你是个负担。去年万圣节发生在失窃时光博物馆的惨剧，奇团是怎样收拾烂摊子的，你知道吗？”她问，“我们不得不撒谎，不得不花钱，不得不动用资源四处打点，就为了弥补你那晚造成的后果。这一切，你都知道吗？”

“我……”茉莉安眨眨眼睛，泪水突然涌出，刺痛了她。她咬紧牙齿，绷紧下巴，一下，两下。“不，我不知道。”

“霍利迪，出去！”钱达夫人高声叫道，“茉莉安，亲爱的，听我说——”

“是啊，你什么都不知道。”但霍利迪的声音比她更高，“不管你的本意有多好，不管你有多勇敢、多高尚或怎么怎么样……你终究是闯进了不该去、不准去的地方，惹出了大麻烦。收拾这么大的烂摊子是很费力气的。猜猜看，这活儿落到谁头上了？”

茉莉安望向门外，又看向她：“是你。”

霍利迪点点头。“我甘之如饴。因为那是我的工作，也是我的专长。现在，你的工作来了。奇迹社团需要你。捏住鼻子，露出笑容，好好地表演给他们看。”

她冲着助手们努努嘴，其中一个走上来，把话筒别到了她的领子上。

“我……可是我……我不知道该做什么啊。”

“你是奇迹锻工。既然是奇迹锻工，”霍利迪双手按住茉莉安的肩膀，转动她的身体，把她往前一推，“就肯定可以搞定一切。”

茉莉安没有同意，也没有思考，但她还是朝着丢卡利翁大饭店的入口走去。那扇巨大的双开门打开了，她停下来，似乎无法再往前迈出一步。

聚集在外面的人群已经连着三天大呼小叫地让她现身，到了这一天下午，已经安静了许多……然而，大门一开，他们就又兴奋起来了，活像闻见兔子气味的猎狗。

“她在那儿！”

“茉莉安，你为什么要躲起来！”

“奇迹锻工！奇迹锻工！奇迹锻工！”

闪光灯疯狂闪烁，茉莉安哆嗦着，觉得自己快瞎了。

人们的叫声越来越响，越来越急，一双双眼睛、一个个镜头，就像成百上千聚光灯，贪婪地闪烁着。

霍利迪的摄像师举起手指开始倒数。三……二……一……镜头对准了她，摄像师无声地说了一句：“开始。”

“奇迹锻工！奇迹锻工！奇迹锻工！”

恐惧当胸涌起，漫上喉咙，像冰凉潮湿的手扼住了她的气管。她应该做什么？召唤奇迹能？可除了她和杰克，别人都看不到。罗织一朵花？不够大胆有力。不够刺激。

难道要她在这些陌生人面前喷火吗？她应该那么做吗？

朱庇特会怎么想呢？他希望她怎么做？为什么他不在这儿？

奇迹锻工。

奇迹锻工。

奇迹锻工。

茉莉安咽了口唾沫，嘶哑地唱了起来，声音比耳语大不了多少。“破晓期之子，快乐又温婉——”

突然，那巨大的双开门以快得超出想象的速度轰然关闭，把摄像机和摄像师拍飞在大堂的地板上。坚实的橡木大门将人群隔绝在外。茉莉安踉踉跄跄地向后退了几步。

随后，雷鸣般的巨响接连而起，一声又一声，由大堂起始，迅速蔓延至所有角落。沉甸甸的黑色百叶窗铺下来，重重地落在窗框上，阻隔了所有吵闹的噪声，让整座建筑最终归于完全的静默。

这是“大生闷气”的一部分吗？茉莉安想道。还是说，丢卡利翁大饭店在帮忙？85 号房间总是能够预测她的需要，顺应她的情绪……可是这不一样。这不单单是她自己的房间，而是整座庞然建筑。难道说，它……在保护她？

“谢谢。”她轻声说道。

摒弃了所有噪声的丢卡利翁大饭店，就像一座巨大的陵墓。像一位巨人屏住了呼吸。

一个冷冷的声音打破了寂静。

“想必你已经有答案了，霍利迪。”所有人霍然转身，只见朱庇特从员工通道走了进来，黑亮的门扇还在他身后摆动着。他惊讶地望着紧紧闭合的百叶窗，显然，哪怕身为业主也无法见怪不怪。

他一把抓住摇晃的门，把它拉开，对那些不速之客说道："离开这里，请吧。"

第二天清早，茉莉安猛地惊醒，心脏怦怦直跳。她做了一个奇怪而可怕的梦——破碎的玻璃、缥缈的黑色烟雾、远处朦胧的哭喊声；两只纽扣似的漆黑眼睛在阴影中闪着光，望着她；还有一首歌，但她记不清了；仿佛有什么珍贵的东西，正从她指缝间溜走……

但让她惊醒的，不是这个梦。

而是新的印痕。她闭着眼睛都能感觉到。虽然她没有想过，没有猜过，但她确确实实地知道，它就在那儿，在她的左手中指指尖上。她如此笃定，就像她笃定手指的存在一样。

指尖已经刺痒了好几天，但因为诸事纷杂，所以只是一个模模糊糊的感觉。

现在，它终于获得了她的所有关注。

和右手食指上的 W 形印痕一样，新的印痕也很小，像刺青，但又不是刺青。它不是人为造出来的，而是自己冒出来的，是从身体里面向上凸起，最终凸出皮肤表面的——就像浮出湖面的珍宝。

天色还很早，太阳尚未升起，茉莉安窗外的暗蓝色天空刚刚开始隐约发亮。她摸索着打开台灯，举着手指细细查看起来。

那是一团小小的火焰，鲜亮的橘红色火苗中央嵌着一颗蓝色的火花。

“你是打哪儿来的啊？”她迷迷糊糊地咕哝着，又凑近了些。

霍桑、卡当斯，还有 919 团的其他成员，也多出了这样一枚印痕吗？茉莉安想道，还是只有她一个人如此？正式加入奇迹社团的第二天早上，所有人都发现了食指上的印痕。新的印痕，是因为他们做过什么吗？

噢。

“烈焰。”她轻声说道。她翻身坐起来，兴奋得浑身发麻。是不是因为那些火花树？是不是意味着，她的真法修炼到家了？如果只有她一个人拥有这枚印痕，那么……它有什么用？它能打开什么？

她猛然一惊，念头像闪电似的劈头击中。她飞快地跳下床，穿戴整齐，拉开门跑出了房间。

12

大燃炉里的引火神

茉莉安本以为员工通道也会像大饭店的其他地方一样关闭，但她有些意外地发现，门口只有一个毛茸茸、打呼噜的大块头守卫着。她屏住呼吸，踮起脚尖，轻轻地从芬内斯塔旁边溜了过去，经由破旧的员工通道冲进石蛾巷，然后沿着弯弯曲曲的小巷来到了位于非凡大道尽头的伞轨车车站。

掠过黎明中沉睡的永泊镇，迎向冰冷的几乎横着打过来的细雨，茉莉安冻得牙齿直打架。但她同时也觉得自己勇往直前、桀骜不驯、不可战胜。

她来到奇团，踏上长长的车行道，经过一棵棵噼啪燃烧的火花树；她进入傲立楼，掠过所有楼层，深入地下九层；她穿过十三间冰冷昏暗的空屋，那空屋皆以离世久矣、被人遗忘的奇迹锻工的名字命名。新生的印痕一直刺刺的、痒痒的，仿佛它和茉莉安一样，既兴奋又紧张。

终于，她来到了阈境大厅的门前——奔跑让她心肺微痛，期待让她忘了呼吸——看到了希望中的一幕。门上的圆圈发出明亮的、金色的火焰般的光，在黑暗中映出小小的一潭光晕。

“我就知道。”她轻声说道，毫不顾忌地笑了起来。

她用手指按向圆圈，门开了——数百年来第一次，打开了。门后的房间是那样特别，茉莉安一踏进去就忍不住想转身离开。

阈境大厅阔大而明亮。茉莉安不得不抬起手半遮住眼睛。这里有点儿像大教堂，每一扇窗户都透进耀眼的阳光，仿佛太阳就高悬在头顶，阳光盈满四面八方，而这光近在咫尺——近得迫人。

她想起了百叶窗闭合的丢卡利翁大饭店。不过，和这里相比，大饭店就像砖砌泥塑的了。要不是茉莉安确信自己正在呼吸，要不是能感觉到自己的肺正有节奏地盈满、排空，她几乎不敢相信这里有一丝氧气。在这样极尽明亮的空间里，连一丁点儿亮晶晶的灰尘都没有。这里静默无声。哪怕动一动也没有脚步声。

大厅里空荡荡的，只有尽里面的角落里堆着一大堆树枝和干草。它们彼此交叠，虬结缠绕，就像等待点燃的篝火堆。

这是个测试吗？茉莉安心想，要我吐出火苗，把它点燃？

还是恰恰相反？或许应该展现我的自制力？

“要是有书面说明就好了。”她的声音在阔朗的空间里显得轻飘飘的。

也许她应该等一等，问问路克、索菲亚或科纳尔。她急着证实自己的猜测，完全没想起书房里的那些地底书虫。他们肯定愿意亲眼看一看——毕竟，这一刻，他们已经等了许多许多年。而且，他们可能知道到底应该怎么做。

然而，就在茉莉安转身要离开时，有什么东西吸引了她的目光。

在那一大堆胡乱堆起来的树枝干草之间，有一根细细长长的枝条，枝条顶端有一个小小的圆圈，圆圈一闪一闪，发出橘红色的微光。茉莉安想都没想，就伸出手，用新的印痕按向了圆圈……一颗火星扑了出来。

篝火堆呼的一声熊熊燃烧起来。茉莉安缩回手，护住脸，踉跄着往后退。阈境大厅变窄了，变暗了，随后整个儿变了模样。原先明亮疏阔、教堂般的空间，被紧密环绕的高大石墙取代，而天花板，或许因为太高，或许因为太暗，她看不清楚。至于刚才的那扇门（她惊慌失措地注意到），彻底消失了。

烟尘冲进鼻孔，雪花般飞舞的灰烬一片一片地落在斗篷上。火星向上跃起，跃起，不断跃起，但并没有照亮什么。它们似乎只是扶摇直上，融入黑暗之中。

她从没有见过这么大的火堆。火苗蹿得比一幢房子还要高。她不由得倚向热乎乎的石墙，只觉得脖子上的动脉砰砰砰砰跳得厉害。这时——

她惊讶得倒吸一口冷气。

火堆动了。

不是木头堆燃烧时那样突然地歪倒或塌陷，而是动势精准、目的明确的移动。

难道只是光影的把戏？

可火堆紧接着又动了一下；不会看错的。那堆黑乎乎的树枝聚拢起来，重新塑形，堆成了高耸的塔形。茉莉安的脖子上冒出了鸡皮疙瘩，心也揪紧了。这座“高塔”有两条胳膊，两条腿，还有一张好奇的大脸拢在火苗里。它挪动着——慢慢地、踌躇地——转向了她。

不是燃烧的枝条在抖动，而是蜷缩已久的四肢在舒展。

一个人（或是一个什么东西，茉莉安觉得那张脸不太像人）从沉睡中醒来，凝视着她。它巨大的眼睛从火焰中望向她，浓重的深红色犹如两块燃烧的炭。这让她想起了烟与影的追猎者。

余烬大眼眨了眨——一下，两下——充满期待地看着她。

“你好。”她轻轻地说道。

那双眼睛又眨了一下：“你就这么两手空空地到大燃炉里来了？什么祭礼也没带？”

它的声音颤抖着——缓慢、低沉、古老，充满了整个空间，震得茉莉安双手发颤。这声音里面夹杂着嗞嗞声、咔咔声，就像火焰燃烧时那样。最最离奇的是，它听起来像是……伤心了，失望了。

茉莉安慌了神，结结巴巴地说："噢，我……我不知道应该带祭礼来。呃……"她想了想：衣服口袋里什么也没有，油布雨伞留在阈境大厅门外了（她也不想把伞送人）。"如果你愿意，我可以马上去取，然后再送来。唔，但是，这位……你想要什——"

"引火神。"

"呃……不好意思，你说什么？"

"引火神。直呼我的名字就好。"火苗蹿得更高了些，燃烧的红眼睛更亮了些。茉莉安觉得，它可能不高兴了。

她点点头。恍然大悟。

引火神。大燃炉。烈焰。

几个月前，919团第一次进入议事厅时，奎恩长老提到的"奇迹之神"，就是指这个吧？当时，她说奇迹锻工的心法强于他人，因为"他们是被拣选的，被传说中守护我们领域的奇迹之神所拣选"。茉莉安确实认真地思考过"奇迹之神"的意思，但她从没想过，他们竟然真实存在，更不用说其中一位竟然是会说话的大火堆了。

"对不起。"她笨拙地鞠了一躬，"引火神，请问你想要什么祭礼——"

"你有印痕？"它打断她。

茉莉安点点头，举起左手，把中指上的印痕露了出来。

引火神伸出了自己细长、干瘦、燃烧着的"手"。茉莉安还没来得及躲避灼热的火苗，两根手指轻轻一碰，大燃炉一下子消失了，她回到了傲立楼外面。

熟悉的画面、声音和感觉混沌一团，劈头盖脸地向她袭来。格雷斯·葛柏丽站在屋顶。欢悦小姐疼得大叫。愤怒涌起，喉头漫过灰烬的味道。胸膛里，火焰灼灼燃烧着。

蜡烛。万圣节。悬在半空的天使伊斯拉斐尔。

越来越多的蜡烛。多不胜数的蜡烛。

明媚秋日里的傲立楼屋顶。

“星星之火，可以燎原。”抗议者。萨加长老。兰伯斯。“开始吧。就现在。”手掌按在火花树上。按下去的感觉。那个感觉。

引火神似乎放慢了速度。它在检视她——像翻看一本书那样检视她——终于发现了感兴趣的部分。

古老的火焰铺展着，绿色的树荫如华盖。复活。生命。力量。

茉莉安睁开眼睛——她都没注意到自己闭了眼——惊讶地发现她仍然身处大燃炉之内。余烬般的两只大眼睛再次望向她，火光明亮，目光深邃。

“引火神接受你的祭礼。”

触碰的手指分开了。茉莉安从火焰中缩回手：没有烧伤，白皙如初。

当她看清手指上的印痕时，好奇变成了震惊：印痕竟然在动。刺青般的火苗图腾在她的皮肤上跳跃着，轻轻地闪烁着，就像一簇真正的火苗。她能感受到它的存在。不是它刚冒出来时的感觉，而是更加笃定、更加坚决；它好像在说：“我在这里。我不会让你忘记我。”茉莉安感到了令人愉悦的、炽热的暖意。它是她的一部分。

奎恩长老说得对。奇迹锻工的心法强于他人，因为那是神的赐礼。

“谢谢你。”她轻声说道，“请问你……你是奇迹之神中的一位吗？”

引火神似乎挺惊讶，反问道：“这是你第一次进入阈境大厅吗？”

“是的。”

“这是我的荣幸。奇迹锻工首次获得的真法是烈焰，这可不多见。可是你怎么这么老啊？”

茉莉安有点儿不高兴：“我才十三岁。”

“是啊，”引火神说，“花了很长时间啊，不是吗？”

“那我应该几岁才对啊？”

引火神思考了一会儿：“大部分奇迹锻工在你这个年纪，都已经获得第三项或是第四项真法了。你是不是不太用功？你的老师没发现你学得太慢了吗？”

茉莉安想起了斯考尔在屋顶说的话：“距离你该达到的水平，可以用光年计算了。”或许在这件事上，他没有撒谎。意识到这些，茉莉安心里一阵刺痛。

“没有。”她答道，又刻意补充说，“我复活了已经灭绝一百多年的火花树，老师们都很欣慰。”

“哦。”

“其他的神灵在哪里？”她问，“像你一样的奇迹之神。怎样才能见到它们？我应该做些什么呢？”

引火神沉默着，眼睛像炭似的暗了下去。茉莉安倾听着火苗燃烧发出的噼啪声，不知道它是不想回答，还是在整理思绪。“奇迹锻工，你叫什么名字？”引火神终于再次开口。

“茉莉安·克罗。”

“那么，茉莉安·克罗，请你告诉我，为什么人们遗弃了我？”

她这时才注意到它的悲伤，心里不禁猛然一痛：一百多年以来，这是它见到的第一张面孔。它太孤独了。

“谁也不来看我了。”它说，“布里兰斯和格丽泽尔达去哪儿了？以斯拉和欧德贝呢？他们再也……不来了。他们都是我最明亮的火焰啊……”

茉莉安无法回答。她要怎样解释发生的一切呢？她自己都不理解啊。

“我不知道。”她撒谎了，“对不起。”

“那他们……还去见别的神灵吗？”它的声音里含着一丝焦躁。那是嫉妒。

她连忙摇头：“不，没有。他们再也没见过任何神灵。真的。”

引火神咀嚼着这几句话，又沉默了好一会儿。

“那你……你还会来吧？”

茉莉安点点头。她当然还会来。她还想见见其他神灵呢。

“那么，再见吧。”引火神伸出了枯枝手指。茉莉安想都没想就做出了同样的动作。两根手指碰在一起，火苗渐渐熄灭；黑暗褪去，石墙隐没，阈境大厅恢复了明亮。引火神蜷缩起来，向茉莉安投去最后炽热的一瞥。

“旺烈地燃烧吧，茉莉安·克罗。”

茉莉安从阈境大厅里退出来，急匆匆地穿过地下九层飘荡着回音的一间间空屋。她等不及跑到走廊尽头的书房，就大声呼喊起助教和学者们来。

“路克！索菲亚！科纳尔！你们在哪儿？”书房里没有人。她折回走廊，更响亮地叫起来——或许，他们正在层层叠叠、无尽延伸的某一间空屋里忙着，听见她的声音就会赶来。“索菲亚！科纳尔！快出来！我有重要的事告诉你们！啊——索菲亚，你在这儿！”她停下来歇一口气，气喘吁吁地弯下腰，双手撑着膝盖。在走廊尽头地下九层的入口处，奇狐的轮廓影影绰绰。“你肯定猜不到！我刚才——索菲亚，是你吗？”

她朝着手指轻吹一口气，燃起了小小的火花。就在这个瞬间，同时发生了两件事：第一件，索菲亚俯下身子，仰起头，嗅了嗅四周的气味；第二件，茉莉安觉得胃里一阵翻腾，胳膊上的汗毛竖起来了，似乎警惕着危险临近。她的身体反应比头脑更快。然而已经来不及了。

啪。

就像拨动开关，橘红色的火苗跃上了茉莉安的手掌，索菲亚的眼睛透出了莹莹绿光——仿佛身体里有什么东西突然激活了。她龇着牙齿，竖着尾巴，耳朵紧紧向后压着；火红色的皮毛混着绿色的莹光掠过走廊。茉莉安举起双手。她已经知道接下来会发生什么了，但她还是徒劳地想要阻止。转瞬之间，奇狐已经冲到面前，她猛地一蹬地面，径直扑向茉莉安的脖子。茉莉安尖叫起来。她感觉到疼了：锋利的牙齿已经刺进了皮肤。恐惧和肾上腺素同时涌起，她使劲儿一甩，甩开了攻击者。奇狐扑通一声摔在地上，痛苦地呜咽了一声。

“索菲亚！”茉莉安叫道。她本能地想要冲到奇狐身边去，但那是不明智的。她克制着自己的冲动，轻弹手指，俯身在大理石地面上画下一条燃烧的“火线”，连接起走廊两侧的墙壁，想以此作为屏障。但奇狐毫不在乎，翻身站起来又朝着茉莉安扑去……然而，千钧一发之际，她突然向后一仰，疼得大叫起来。

茉莉安惊恐地喘息着，脸上汗涔涔的，只觉得自己的肺都要炸开了。火焰熊熊燃烧，几乎触及屋顶。这下她被困在火墙之后，想逃也无处可逃了。真是机智，她想，干得好啊，你这笨蛋。

“索菲亚？索菲亚！我知道你还在！快醒醒！”

然而，就算索菲亚真的还在，她也听不见了。她疯狂地来回奔跑，咬牙切齿，想在火焰中找一条路冲过去，却总是被烫得退回来，继而沮丧、愤怒地大声狂吠。

“火线”渐渐弱下去了。在冰凉光滑的大理石地面上，没有任何助燃剂可用。茉莉安觉得自己的能量也正在随之慢慢耗尽。如果没了这道屏障，会发生什么可怕的事呢？索菲亚会继续攻击吗？会要她的命吗？为了自保，她最终还是得伤害朋友吗？

然后呢？空心痘疹会带走索菲亚的一切，只留下一具空洞的躯壳。茉莉安永远忘不了朱庇特恐惧的神情和那句话：我宁愿死，也不愿变成空心人。

如果索菲亚不再是索菲亚了，她会变成什么样子呢？

像是对这个无解的问题做出回应一般，奇狐冷酷地尖叫一声，最后一次发起进攻，扑向火焰……她成功了，爪子伸着，犬齿凑近了茉莉安的脖子——但就在这一刻，眼睛后面的绿光黯淡了，空心痘疹消失了。

噗的一声，茉莉安抱住了那瘦小、瘫软的身体。

火焰熄灭了。诡异的绿色光点在她们身边盘桓了片刻，然后就像风中的蒲公英那样，消散开，不见了。

索菲亚的皮毛边缘烧焦了，冒着黑烟。这样的一幕让茉莉安几乎承受不了。她跪下来，解开自己的斗篷，双手颤抖着盖在了奇狐身上。她觉得胸口卡着濒临崩溃的呜咽。她紧紧地抿住嘴唇，不让它钻出来。

现在得做个选择了，茉莉安想道。她可以坐在地下九层这冰冷黑暗的走廊里哭。她可以等待科纳尔或路克赶来；他们会照顾索菲亚，然后老生常谈，告诉她一切都会好起来的。朱庇特会拍着胸脯保证，噩梦终会结束，索菲亚肯定没事，绝对绝对不会变成奇状动物……茉莉安也会继续假装相信这善意的乐观源自事实。

这么做会很轻松。懒惰地心怀希望，相信别人会解决一切，不再心事重重——这种感觉多好啊，像热水澡似的，热热地包围着自己。

但那样的奢侈，是茉莉安无法拥有的。因为她骗不了自己。因为索菲亚是她的朋友。既然还有别的办法，她又怎能把朋友推向比死更可怕的命运？她必须另作选择。艰难的选择。

茉莉安把索菲亚安顿好，离开了地下九层。一句话回荡在她的脑海里，轻轻地，不断地，一遍接着一遍。

情况可比你已知的糟糕多了。

这一点，你很快就会自己弄明白的。到时候你就会来找我了。

13

就叫我小茉吧

不到半个小时，黄铜吊舱就停进了禁止入内的虚空线路站台。茉莉安下了吊舱，为了不让双手抖个不停，她紧紧地攥住了油布雨伞。

她其实并不确定这样是否行得通。傲立楼内部的吊舱可以将她送往大部分车站，但她实在不敢奢望，它竟然可以服从指令，一路驶入永泊镇奇迹枢纽迷宫般的深处，停靠在这废弃已久的站台。她不记得这座站台到底在什么位置，也不记得朱庇特第一次带她来时（非法地）是怎样到达的。然而此刻，她竟然来了。原来，她要做的只是：提出要求。

茉莉安觉得，是自己的两件秘密武器促成了这样的举动：手指上新冒出来的火焰印痕，还有盘桓不去的以斯拉的话——你早晚会明白，只要稍微努力一下，这座城镇就将臣服于你的强势。

废弃的站台还是她记忆中的样子。虚空线路不再对普通公众开放，而后便关闭多年。墙上的海报褪了色，很老派，广告里的商品可能早就退出市场了。除此之外，这里一尘不染。亮晶晶的绿色瓷砖看起来簇新，木头长椅也几乎没有使用过的痕迹。

来到永泊镇之后的第一个圣诞节，朱庇特带她经由虚空线路回到了克罗庄园。他那时说的话，她至今记得："如果有一个人可以乘坐虚空线路旅行，那这个人就是你。"他说那是因为她和他在一起。但现在她知道，他撒谎了。那是因为，她是奇迹锻工。

也正是因此，她才可以轻而易举地使用虚空线路——虚空线路本身就是真法的造物，而她是奇迹锻工。她也不知道自己要做什么，但这不重要。奇迹能知道。这就足够了。

可是，为什么她的手还是颤抖不停？

我应该跟别人说一声的，茉莉安突然一阵恐慌，我应该告诉霍桑我要去哪儿，或者卡当斯也行。我应该告诉朱庇特！

但这念头也只是个念头。她知道自己绝不会告诉他们。他们只会想尽办法阻止她。

她深吸一口气，把油布雨伞挂在了站台的栏杆上。这是她的锚——珍贵的个人物品，和她的躯壳一起留在出发点，它会借由看不见的虚空将她和永泊镇拴在一起，随时拉她回家。

趁着心里还撑得住，茉莉安闭上眼睛，站在黄线前，等待着虚空列车的汽笛声响起。

第一次这样穿行时，朱庇特也叫她闭上眼睛。现在，她终于明白这是为什么了。这感觉就像在梦境中行走，脚下踩着的是云雾。这些云雾像钻石一样闪闪发亮，像奇迹能一样放射着淡金色的光。梦境包裹了整个宇宙，狂野而困惑，呼啸着高速掠过。热血涌上头脑，璀璨光芒晃得人发晕，几乎无法思考。但茉莉安需要思考。她捂住了眼睛。

现在的难题是……她不知道应该去哪儿。以斯拉·斯考尔在哪儿？她知道他公司的名字——斯考尔工业集团——可这个公司在冬洋国啊。找到公司，就能找到斯考尔吗？

事实证明，这些都不重要。虚空线路不需要地图。列车驶往任何地方都不需要谁来指点，谁来强迫。在念头冒出来的那一刻，淡金色的奇迹能似乎就读懂了它，片刻之后，列车便已经抵达了目的地。

茉莉安走出车厢，发现自己来到了一间木板围搭的大屋子里。这个地方似曾相识。屋内的陈设豪华贵气，色调沉稳，装潢气派……总之肯定不是什么猪圈之类的地方。这里让她想起了天使伊斯拉斐尔在老德尔菲安音乐厅里的化装间。因为这个屋子里也有大大的衣橱，雅致的沙发，以及堆得满满当当的梳妆台：刷子、油彩瓶、玻璃托盘。

屋里一扇乌木双开门，银质门把手错落交叠，构成了一个大大的字母 W。

她这是又回到奇团了吗？

一定是哪里弄错了。

茉莉安叹了口气，闭上眼睛，想象着站台上的雨伞，想召回虚空列车。就在这时，那扇双开门突然打开了，一个女人走进屋子，看见她便站住了。

真奇怪。茉莉安第一次经由虚空线路回到克罗庄园时，那里的所有人都看不见她——除了她的奶奶。朱庇特解释说，那是因为茉莉安希望奶奶能看见自己。

既然如此，面前这位身着黑色长袍、头戴白色假发的女人，也不该看见她；因为毫无疑问，茉莉安此刻不想向任何人透露行踪。

然而……这个女人确确实实是在看她。

茉莉安的呼吸急促起来。她脑海里的千丝万缕飞速联结，咔啦，咔啦，咔啦……她突然明白自己在哪里了。这个地方她从未亲眼见过，但在她的有生之年，它的名号一直萦绕不去。

门上的 W 代表的不是奇迹社团。

而是冬洋国[1]。

这里是大法官法庭，位于冬洋国首都——与瓦斯塔。

虚空线路一定是误会了她的意图，或者——呃，她一拍脑门儿想起来，是不是因为她曾经猜想“斯考尔在不在冬洋国”，

1　奇迹社团与冬洋国的英文首字母都是 W。——译者注

所以虚空线路就一不做二不休地把她送到了这里？

茉莉安觉得自己的勇气弱下去几分。她心里没有准备，有些措手不及。

但那个女人还在盯着她看。茉莉安毫无头绪，不知道该怎么办，只好笨拙地蹲了蹲，像是行屈膝礼，却又抬起手摆了摆，结结巴巴地说："你好……呃，夫人。"

冬洋国的总统望着她，眨了眨眼睛。

她的官方画像挂在冬洋国的每一个家庭、每一所学校、每一座政府建筑，但她本人的模样却和画像完全不一样。画像中的总统显得严肃、有气势、令人生畏，而此刻眼前的她目光敏锐，面容和善，还带着几分好奇——尽管脸上涂着厚厚的白色妆容。她打量着茉莉安，就像看着一只从窗户飞进自家屋里的鸽子。

"你是谁？"她简短地问道。

"茉……呃，小茉。"茉莉安差点儿就要说出"茉莉安·克罗"这几个字了。可她突然想起来，在冬洋国，这个名字代表的女孩儿在"被诅咒儿童"名单里，并且两年半以前就如期死掉了。鉴于茉莉安的父亲是大狼邦的总理，总统很可能对她有印象。

总统眯起眼睛："茉小茉？很怪的名字。"

"不是……就叫我……小茉吧。对不起。"

"小……小茉，"她认真地念了一遍，"还是很怪。"

茉莉安不知道该怎么回答，不过她也同意这一点："呃，是啊，是很怪。对不起。"

"干吗要一直道歉呢？"总统说，"女孩子养成这个习惯可不好。尽快改掉吧。"

"噢，对不——呃，没什么。对不起。"茉莉安紧闭着眼睛摇了摇头。她怎么像个傻瓜一样。

总统似乎被她局促的模样逗笑了。"恐怕你改不了啦！你一直都在为自己从没做过的事道歉。至少道歉这件事，你还挺擅长的，不是吗？小茉——听起来真的很奇怪啊，不过既然你坚持，也就算了。小茉，你在我的私人房间里做什么？这可不太正派啊。你是来暗杀我的吗？"

"什……什么？"茉莉安慌慌张张地想要解释，差点儿被口水呛着，"不是！不是！我甚至都不知道怎——"她突然注意到总统的眼睛里滑过一丝狡黠。"你在开玩笑是吗？"

"当然是开玩笑。如果我真的认为你是来杀我的，这会儿早就叫来警卫了，不是吗？"她歪着头问道，"你怎么会在这里？"

茉莉安飞速思考："我……我想和你谈谈。"

总统扬起眉毛。"人们通常只会把那些愤怒的信件寄到我的办公室。不过，好吧，你说吧。趁你说的工夫我就处理一下……这些。"她随意地指了指假发、黑袍、夸张的妆容和脖子上沉甸甸的金链子——都是大法官的正式装束。她走到屋子对面的梳妆台前坐下，从镜子里望着茉莉安："说说吧，什么事惹到你了？"

茉莉安愣住了。她根本想象不到，堂堂国家总统，竟然如此不拘小节。更何况，她根本没打算来这儿。她想要找的人，是斯考尔。

“我想问您几个问题。关于……关于，呃，斯考尔工业集团。”她硬扯出一个话题。

“好的。”总统娴熟地摘下发卡，“斯考尔工业集团，很好的议题。你几岁了？”

“十三岁。”

“一个十三岁的孩子，为什么会关心能源行业的钩心斗角呢？”她一个一个地摘下发卡，扔到陶瓷盘子里，发出当啷当啷的声音。她的目光短暂地扫过镜子里的茉莉安。“你还在逃学、玩儿火的年纪啊。”

茉莉安心里一沉。她确实逃学了——从某个层面上说。她也确实玩儿火了——就在最近，在大庭广众之下。难道总统其实知道……

“除非——噢，亲爱的，你该不会是那种关心国家大事的青少年吧。多可怕啊。来给我帮个忙好吗？”

茉莉安连忙走上前去，帮她摘下沉重的假发。可当她正要去捧那雪白的纤维时，双手却径直穿了过去。她愣住了。虚空。她怎么忘了？她抬起头，望向镜子里的总统，只见她睁大了黑色的眼睛。

然而，她的目光里没有意外，反倒充满了期待。

原来这是个陷阱。茉莉安一脚踏了进去。

“我是这个国家的总统，”她收起笑意，严肃地说，“难道你以为我会认不出你吗，茉莉安·克罗？”

茉莉安没有回答。她不知道自己处于虚空时会不会有危险，但恐惧还是一波一波地涌上心头。

应该赶紧离开，她想道。应该想象自己的油布雨伞，召唤虚空列车，离开这间屋子。可是，总统那泰然自若的神情却让她挪不动步子。

“莫德。”总统淡然说道。

“我……对不起，你说什么？”

“我的名字，”她解释道，“莫德·洛里。”

“我还以为你就姓冬洋呢。”

莫德哼笑一声，短促而尖厉。“身在其位，自然就继承了这个头衔。但我本人是莫德·洛里。冬洋国总统、冬洋党党首，只是我的工作。不过这种区别如今已经不那么重要了。”她顿了顿，又说，“随着你不断成长，可能也会发现同样的情形出现在自己的身上。你本人是茉莉安·克罗，你的头衔是奇迹锻工。人们常常将这二者混为一谈，甚至连你自己都有点儿闹不清了。”

茉莉安愣住了，半是害怕半是好奇，一个字也说不出来。她不知道这个女人是不是在狡猾地套话，想让她承认自己是奇迹锻工。

莫德摘下假发，放在梳妆台上，然后松了一口气。她闭上眼睛，按摩着脑袋，揉了揉头发。她的头发是深深的红褐色，约有两英寸长，乱糟糟的，沾满了汗珠，一绺一绺地贴在头皮上。她从玻璃盘子里抓了一把半透明的粉末撒在头发上，又是抓又是揉，而后擦干，拉直，梳理整齐。终于，头发收拾完毕，称不上完美，至少算是整洁体面。

发型引起的改变非同寻常。没有了白色假发，她看上去是那样普通，就像某个人的妈妈。就像她自己——莫德·洛里。

她开始脱掉作为国家总统的全套服装，小心翼翼，一件一件——从脖子上摘下黄金项链，锁进木盒子里；把大法官的长袍披到角落里的木质人形模特身上。原来，在那无边无尽的黑色褶皱之下，是一条灰色裤子和一件浅蓝色的套头衫，柔软贴身，看上去价格不菲。她卷起袖子的时候，茉莉安瞥见那上面有个小洞。

“你怎么知道我的名字？”

“因为我是总统。”莫德重复了一遍，似乎有点儿不耐烦。她回到梳妆台那儿，从一只小玻璃瓶里挖出一坨白色的卸妆霜。她一边用力地摩挲皮肤，搓掉眼睛四周的黑色妆容，一边看着镜子里的茉莉安。“我有一个政府部门，专门负责挖掘有意思的事情。我知道你是谁，也知道你跑到了自由邦。我知道你是经由虚空线路出现在这儿的。我还知道你是奇迹社团的成员，是一个奇迹锻工，前不久刚刚复活了火花树。坦白地说，我也很清楚你来这儿的原因。”

茱莉安咽了口唾沫。难道她连斯考尔的提议也知道？

“空心痘疹。”莫德用绒布擦掉卸妆霜，皮肤红扑扑的，所有油彩全部不见了，“你是来请我帮忙的。”

“我……不是的。”茱莉安犹犹豫豫地说道。莫德突然仰起脸，转过身，直视着茱莉安，狐疑地眯起了眼睛。

“不是？那你为什么来这儿？”

“呃……不是，我的意思是，你说得对……”她还能说什么呢？“唔……我确实是来求助的。嗯，请你帮帮我们吧。”

“挺讨厌的活儿，是吧。”莫德额头上挤出一道皱纹，“我们不用‘空心痘疹’这个名字，当然。其实它根本没有名字。你知道，这儿的奇迹动物一直都很低调。他们有自己的圈子，不与外人来往。所以当他们最终伸手求援时……唉，”她咬住嘴唇，看向别处，“我只能说，要是他们早点儿让我们参与就好了。我们本可以多帮些忙的。现在就算吃药也救不了大多数奇迹动物的命了。”

“药？”茱莉安的心一下子跳到了嗓子眼儿，“你有解药？”

“当然了。无名之域最优秀的科学家、发明家和思想家都在我们这里。”莫德把绒布丢进了脏衣篮。

解药。他们有解药。实实在在、能够治愈空心痘疹的解药。并且这解药与斯考尔无关，不附带他那些要挟的条件。难道虚空线路早就知道？难道就是因为这个，它才把她送到这儿来，还让莫德能够看见她？茱莉安兴奋得想要放声高歌。

“谢谢你，总统！”她激动不已，如释重负全都写在脸上，“我真的无法表达对你的——”

“茉莉安——”

“真的！我不知道该怎么感谢你！这意味着——”

“茉莉安，停停停，先停一下！”莫德站起身，摊开双手，止住了滔滔不绝的感谢，“我不能……不能把它给你。抱歉，事情不是你想象的那样。”她表露的遗憾似乎很真诚，“我知道来到这儿求助需要很大的勇气。这是一件高尚的事，不过——”

“我不懂，”茉莉安轻声说，“你说你们有解药。”

莫德点点头：“是的。”

“但是你不愿意分享。”

“关键并不是我愿不愿意。”

“那到底为什么？”愤怒和困惑在茉莉安的身体里翻腾。“为什么你不帮我们？就因为你们和自由邦是敌对的？可敌对的不是平民百姓，不是普通的生命！”

“没那么简单。”

“就这么简单！”茉莉安坚持道，“奇迹动物一个个地变成奇状动物，人一个个地死去。人民面临死亡威胁的时候你是否愿意施救，一切就是这么简单！”

“我突然成了自由邦的首相了吗？我不想显得自己冷酷无情，但你们的空心痘疹不是我们的问题。”

“这就是你们的问题！空心痘疹是从你们那儿传过来的，不是吗？”

莫德向后倚着靠背，讶异地、冷冷地打量着她。

“你怎么会相信这种说法？”她平静地说，“两国之间的边境全部封锁关闭，空心痘疹怎么从一地传到另一地？”

茉莉安瞪着她。总统真的意识不到边境上的诸多漏洞吗？人和奇迹动物的偷渡已然成了常态，她真的毫不知情吗？

她不可能耳目闭塞到这种程度。

“我的意思是……自由邦从来没有人听说过这种病。”茉莉安结结巴巴地说道，小心翼翼地从对话陷阱里往后退，“但你说你们之前就发现过这种病，所以我才以为……病情可能是从这里传出去的。看来我猜得不对。对不起。”

这一次的道歉是故意的。茉莉安谨慎地措辞，尽量让自己显得渺小、软弱、无害，就像狮子面前的老鼠。

莫德手指交叠，压住嘴唇，似乎在思考着什么。“我并非不同情你们，茉莉安。这种疾病确实很危险，很可怕。但是否向自视敌人的邻邦提供援助这样的事，需要讨论决定。如果没有相应的交换补偿——像谈生意那样——有些人是不可能同意援助自由邦的。”

“可权力不是在你手里吗？”茉莉安问。

莫德的神情微微一滞，打量着茉莉安，目光里带着警觉和算计。

茉莉安担心自己说了什么不合适的话：“我只是说……呃，

毕竟，你是总统。他们应该照你说的做，不是吗？”

“这只是你以为的，”警觉的目光弱了下去，她情绪复杂地笑了几声，“可事实并非如此。政治的世界不是那样运转的。在这儿，或其他地方，都不是。冬洋党的确固步自封，但我可以打包票，你们自由邦的政府也好不到哪儿去。”

“一百多年来，冬洋国和自由邦一直处于僵局之中，双方没有交流，更遑论合作。而且就算我们愿意去试一试，斯蒂德也未必会坐到谈判桌前。以前，我也是个年轻的理想主义者……”她顿了顿，轻蔑地朝着茉莉安挑起眉毛，“那时候我也想改变世界呢。多年来，我一直在试图联系斯蒂德。即便是所谓敌对的国家，也应该抱持开放对话的态度。但他完全不理睬，不参与。恐怕空心痘疹也不能让他转变态度。”

茉莉安心里升起一线希望。

“如果我能说服他与你谈判呢？”

“茉莉安，”莫德颇为同情地望着她，好像她说了什么傻话，“你是个了不起的姑娘。你独自一人乘坐虚空线路走了这么远，站在敌国领导人面前，向她寻求帮助，这需要勇气、智慧和谦逊的心。但即便如此——即便你是奇迹锻工——也不意味着你有能力改变一个固执男人的想法。相信我。”

“我当然不是一个人去说服他。”茉莉安说道。她想到了长老们，想到了朱庇特，想到了霍利迪和整个奇迹社团——在这么多人当中，总有一两个人的话，能让首相听进去吧。她对朱庇特抱有全然的信任和信心：只要有机会，他可以改变任何人的想法。“如果有人说服斯蒂德与你见面，你是否可以帮助我们？”

莫德似乎觉得很好笑，又有些困惑，但她最终还是摆摆手，拗不过茉莉安的坚持。

“那好吧，”她说，“可以。如果你能说服他接受我的邀请，我就把空心痘疹的解药摆上谈判桌。就这么说定了。”

几分钟后，茉莉安踏上了淡金色的虚空列车，无形的铁轨在脚下哐啷哐啷哐啷地响着，她突然觉得意识的某个角落被轻轻牵动了。

应该径直回家去。她心里很明白。想找的东西已经找到了——尽管来自完全意想不到的地方。希望还是有的。只要说服永泊镇最有权势的人接受邀请就行了。简单。

她应该赶快回到丢卡利翁大饭店，和朱庇特商量个计划出来。

然而，在内心深处的角落里，有个念头激起了她的好奇心。她应该回家，没错，可是……既然已经身在虚空线路，何不顺路到克罗庄园一游呢？很快，看看就走。看看自打她上次回来之后有没有什么变化。应该没什么坏处吧……

只是起心动念，转瞬之间她就到了。站在儿时故园的院子里，黑色的巨大建筑映着灰色的天空，显得很不真实。

不用敲门。她穿过关着的前门，像幽灵一样——她希望自已是隐形的，不要被谁看见。就在这时，她瞥见奥尔内拉·克罗标志性的灰色裙子从最上层楼梯的拐角处一闪而过。

“怎么可能啊。”走廊深处的餐厅里传来窃窃私语。茉莉安吓了一跳，正不知如何是好，那声音又传来：“那野蛮的老鸟真是不可理喻！”

“嘘！她会听见的！”

“听见又怎么样？我真的受够这地方了！我要告诉中介，克罗夫人是我见过的最糟糕的女主人——”

“海蒂，你或许不想干了，但我还想保住饭碗哪。快点儿，帮我把桌子收拾干净，不然那老鸟回来要把你的眼珠子啄出来了！”

茉莉安翻了个白眼：看来奶奶一点儿没变。

她蹑手蹑脚地跑上楼梯，跟着奶奶穿过长长的走廊。她看到奶奶向左转弯，径直走进肖像厅，便刹住了步子。这是奶奶在克罗庄园里最喜欢的地方。喜欢到迷恋的地步。茉莉安小时候常常在肖像厅门口徘徊，不敢进去，因为奶奶凝视那些逝者肖像的样子让她看了害怕。

奶奶更老了。茉莉安想跟着她一起进入肖像厅。不，她不能进去。上次回来时的记忆闪过脑海，想到那些片段，她心里一阵阵地难受。

圣诞节的夜晚，奶奶见了她满面骇然。“你不该在这儿。”

柯维斯·克罗，她的爸爸，急匆匆穿过她的身体，仿佛她根本没存在过。“我们发过誓，再也不提起那个名字。”

茉莉安被混沌不清的恐惧包裹着。她突然觉得恶心，转身就朝相反的方向跑去。她要远离肖像厅——她十一岁时愁容满面的画像也挂在那儿，和克罗家那些已经死了的人一起，供人凭吊。

真蠢。她到底在想什么？为什么非要来这儿？

茉莉安跑到楼梯口，停下来，一只手按着胸口，期待恶心的感觉赶快消退。她必须离开这儿。

她要走出前门。她要召唤虚空列车。她要回到丢卡利翁大饭店那个家，再也不回这座房子了。她要——

吐了。她要吐了。就要吐了，就在这儿，在虚空里。她恍然大悟似的想道：能在虚空里呕吐吗？（真奇怪，她居然还能镇定自若地琢磨这些。）

身后传来一阵响动。她回头一看，只见奶奶出了肖像厅，正用一把大大的铁钥匙把门紧紧锁起来。

不要看见我。茉莉安有点儿绝望地想着，千万不要看见我。

她一侧身，躲进最近的一间屋子，冲进最黑暗的角落里，蜷缩在地板上，微微喘了口气。

然而在屋子里，还有别的什么人也在呼吸。不，是两个。两张小木床上的两个小家伙，盖着被子，一起一伏地呼吸着。就在茉莉安意识到这是谁的房间时，门轻轻地开了。一个年轻漂亮的金发女人轻手轻脚地走了进来；她哼着甜美的歌，蓝色的衣裙窸窣作响。

此时茉莉安却很确定——不像面对奶奶时那样——她确定继母看不见自己。不过，即便如此，她还是躲在阴影里，静静地等待艾薇看过两个儿子之后离开。

年轻的母亲在门口短暂驻足，回过头又看了看有着同样金发的孩子们。走廊里的灯光照亮了她的脸。茉莉安从来没有见过这样的艾薇——温柔、母爱、宁静、满足的愉悦，全部聚集在她身上。她感到自己的身体里冒出一点细儿小的、奇怪的东西。是嫉妒。她不由得微微瑟缩。

但那不仅仅是嫉妒，还有……渴望。

不对。她渴望的不是艾薇。她根本就不喜欢她。

她渴望的是那件遗失已久的东西。她无法明确具体地描述它。但在内心最黑暗、最隐秘的地方——茉莉安永远不会示人的部分——她知道无论那件东西是什么，她都追不回来，也从未拥有。而小沃尔弗拉姆和小冈特拉姆，却问也不问就轻而易举地拿走了本该属于她的东西。

阴影蒙住了她的心。

你现在的生活非常棒，茉莉安严厉地提醒自己，你想要的一切全都有。

确实如此，不是吗？她在丢卡利翁大饭店拥有的一切，这两个小男孩儿永远也得不到，想都想不出来！她能乘着伞轨车呼啸而过，掠过一座座屋顶，去看歌剧，去看精彩绝伦的平安夜之战。天哪，她的房间甚至有魔法，能读懂她的想法和需要，变幻成各种奇妙的模样。

最最重要的是，丢卡利翁大饭店里有她的朋友——朱庇特、杰克、芬内斯塔，还有好多好多。她还有霍桑、卡当斯和欢悦小姐，还有家庭专列和地下九层。她和许多才华横溢、成就非凡的人一样，是奇迹社团的一员。她还有八位忠诚一生的姐妹兄弟！她到底还想要什么？她到底有多贪婪？

可是他们，并不是真正的姐妹，一个恼人的声音在她脑海里钻来钻去，也不是真正的兄弟。

茉莉安歪着头，站起来，小心翼翼地跨出阴影，走到屋子另一边，看了看两张并排摆着的木质婴儿床。弧形的床头上雕着他们的名字。小沃尔弗拉姆睡着了，脸颊红扑扑的。小冈特拉姆似乎有点儿感冒，睡梦中不住地吸着鼻子。

他们，才是真正的弟弟。和她有着一半血缘关系的真正的弟弟。

茉莉安在两张小床之间的空隙间跪了下来。

“你好呀，”她轻声说，“我是姐姐。”这句话听起来很怪异，但她还是不管不顾地说下去。“我是你们的姐姐。你们肯定不相信，因为从来也没有人告诉过你们呀。不过这是真的，千真万确。我的名字是茉莉安。”她停下来，思考了一会儿，“你们可能念不出来，因为你们还太小了。不过……就叫我小茉吧。”

冈特拉姆动了一下，睁开一只眼睛，睡意蒙眬地看了看她。

有那么一瞬间，茉莉安以为他就要醒来，就要大哭大叫地惊动整个庄园。但她只是轻轻地“嘘”了一声，小家伙就又安安稳稳地睡熟了。

太近了，她想道，该走了。

然而，就在茉莉安轻手轻脚地往外走时，有什么东西吸引了她的目光——在搭着薄纱窗帘的窗台上，有一小团胖乎乎、圆滚滚的隆起。

她愣住了：艾米特！

她的玩偶兔子还是记忆中的样子，旧旧的，毛茸茸的，尾巴不见了，黑玻璃珠眼睛也不见了……只是它身上蒙着厚厚的灰尘，好像被遗弃在那儿，早已没有人记得。她伸出手去抓，当然，抓不住。

茉莉安觉得自己的喉咙绷紧了，眼睛里突然一阵刺痛。她使劲儿眨了眨眼睛。在克罗庄园里，让她想念惦记的就是艾米特。她想像过去一样紧紧地抱住它。她绝不能让它孤零零地倒在窗台上。它会感冒的……说不定还会落枕！

茉莉安沮丧而忧伤地环顾四周。她觉得自己的身体太小了，根本盛不下悲愤交加的剧烈情感。

看看这些！她突然想要大叫。这些成堆的玩具、图书、积木！但这里面终归有一件是她的，是她留在克罗庄园的纪念。而那两个不领情的小东西，却把它混同为其他玩具，冷落它、忽视它，好像它压根儿不存在。它多孤单啊！

茉莉安想穿过虚空，抓住艾米特，带它一起回家。它一定也如此渴望。

但这是不可能的。

她紧闭眼睛，捏紧拳头，想象着她的油布雨伞。远处，虚空列车的汽笛声响了。

14

校花部长[1]

乘坐虚空列车回家的路上，愤怒像红色的烟雾似的，一直笼罩着茉莉安。从站台的栏杆上拿下雨伞，它萦绕不去；回到丢卡利翁大饭店时，它已经笨拙地变成了悲伤。

她穿过大堂，跑上螺旋楼梯，顾不上想一想到底要去哪儿。她本以为自己会回到卧室，却不知不觉闯进了朱庇特的书房。

朱庇特坐在桌边，抬起头看着她，脸上露出了困惑的微笑。但很快，这笑容消失了。这时茉莉安才意识到，自己的样子在他看来一定破绽百出。

“小茉？”他一下子担心起来，“你怎么了？”

他都看见什么了？她心想。今天发生的种种，还有多少

1 原文标题是Squid Crow Po，是茉莉安没记清莫德总统的用词“quid pro quo”，意即“交换补偿”。此处章节名用谐音 Squid Crow Po 来获得幽默效果。——译者注

黏在她身上？灰色的云朵，黑色的污渍，谁知道还有什么玩意儿——史上最漫长的一个早上，应该有很多可看的吧。（真的只是一个早上吗？是不是虚空一早，世上一年了？）

“是……艾米特！”

茉莉安觉得自己再也忍不住了，一张脸像个牛奶盒子似的，皱皱巴巴的。她努力地想把悲伤转化为愤怒（一种更容易控制的情绪），大步穿过房间，从皮质扶手椅上抄起靠垫用力一甩，砸掉了对面墙上的画框。朱庇特看着她，完全摸不着头脑。

“他们不……不需要它！它是我的！我还是小孩儿的时候它就是我的了。艾薇总嫌它脏。那又何必把它送给他们呢？”

“谁们？”

“沃尔弗拉姆和冈特拉姆！我的……弟弟。”她在壁炉前面走来走去，拳头捏得紧紧的，眼泪冒了出来。

“原来是这样啊……但是，艾米特是谁？”朱庇特茫然地看着她，试图从她吭吭哧哧的哭声里分析出这场独角戏的内涵。

“我的兔子！”她抽抽噎噎地说，“我的玩偶兔子！我的朋友！”我唯一的朋友，她心里想道。“我把它丢……丢下了。它是我的朋友，我却……把它丢下了。”

她想起了两年半前的阑夜期终结夜。那一夜，她本该死去，应验诅咒。也是那一夜，朱庇特毫无预兆地出现，救下了她，把她带到永泊镇，给了她难以想象的新生活。

她还记得烟与影的追猎者紧随其后，追到了克罗庄园。于是，她和朱庇特逃走了，逃离了注定要死去的命运，头也没回一下。在极度兴奋和重重危险之中，她完全没想到塞在枕头底下的胖乎乎的小艾米特。而它是那样忠诚，一直等着她回来。

茉莉安重重地倒在扶手椅里。她知道自己这样子有点儿像无理取闹。她已经长大了，明知道毛绒玩偶没有思维，没有感情，也不会受到伤害。可是那又有什么关系？她真心真意地爱着这只小兔子，十一年里的恐惧、希望和秘密，她都告诉了它。它为她守口如瓶。它是她被诅咒的孤独的童年时光里唯一的朋友。

朱庇特满怀同情地啧啧道："噢，小茉，你并没有丢下它啊。你当时是为了逃命。要怪就怪我吧。是我突然闯进你家，鼓动你出逃的呀。"

"我想回去。"她跳起来，踱着步子来回转悠。她觉得自己坐不住了，全身上下都充满了紧张的能量。"不是通过虚空线路，是真正地回去。我想去救它——"

她顿住了。她看见了朱庇特脸上掠过的警觉。

"我们不能那么做。你知道的，不行。"他谨慎地说道，"你的两个弟弟没有像你那样好好照顾艾米特，这是个遗憾。不过，你听我说——我相信他们还是会爱它的。就算现在没有，以后也会爱的。等他们长大了，聪明些了，知道艾米特是谁的小兔子——当然现在他们还不知道。像艾米特这样被深深爱着的朋友，就是这样的。爱就像披在它身上的隐形外套。爱永远不会消失，一直都在，在安宁静谧的时刻，便能让人感受到。终有一天，沃尔弗拉姆和冈特拉姆也会感受到的。”

茉莉安很想在他的话语中找到一丝安慰，真的，但她很清楚，这些终究是……空话。他只是想让她别那么难受。这些话，她一个字也不信。

朱庇特皱起眉头，严肃起来。“话说回来，你到底为什么要去呢？你不应该独自使用虚空线路，小茉——我告诉过你，那很危险！”

“嗯，是啊，唔——”她晃晃脑袋，好像耳朵里有水，要甩出来似的。她突然觉得自己很可笑。干吗要提起玩偶兔子呢？返回克罗庄园的见闻对她的打击太大了，让她把真正要紧的事忘了个干净。“我……我是去找解药的。因为斯考尔说——”

“斯考尔？”

“对，那天在屋顶说的，你记得吗？我跟你讲过的，他说他有治疗空心痘疹的解药，可以交出来，条件是——”

“条件是你答应做他的学徒。嗯，我记得。他是这么说的，但信不信可在我。”朱庇特双手捂住脸，从指缝里望着她，“小茉，你……你该不会——”

“没有！”她飞快地答道，“我只是……我只是想去找他——”（朱庇特哀怨地咕哝了一声。）“……但是虚空线路出了错，把我送到别的地方了。于是我见到了——朱庇特，你能别折腾你的头发吗？认真听我说——我见到了冬洋国的总统！”

朱庇特不折腾头发了。他认真地听着。

“啊，”他说，“是吗？”

“是啊。”茱莉安耸耸肩，“我想……可能是虚空线路误解了我的想法吧——啊，这些不重要。反正，我见到了她，她知道我姓甚名谁，知道我是奇迹锻工，空心痘疹的事她也全都知道。”

她把在大法官法庭里发生的一切都讲了出来。朱庇特微微张着嘴巴，聚精会神地听着。

“……然后莫德就说，他们需要讨论——”

“等一下，你就直呼其名？”朱庇特打断她，“对冬洋国的总统？”

“对。嘘，听着。莫德说，他们可以帮我们，但是需要校花部长。”

“校花部长？”

“对，诸如此类吧。她说他们不可能白白帮忙，但是，只要我们能说服首相斯蒂德跟她见面，谈一谈，她就愿意把解药给我们。所以，你能去试试吗？长老们能不能办到？你们肯定有人认得斯蒂德吧，嗯？”

“我倒是认得他，这个人有点儿一言难尽。不过，茱莉安……”朱庇特停下来，摇摇头，像是吓坏了，“严格来说，这件事算得上……叛国了。所以绝不能告诉任何人。”

“这不是叛国！只是谈判啊！是求助！她只是想跟斯蒂德谈谈。”

朱庇特立刻扬起眉毛：“这是你自己想的，还是她说的？”

茉莉安没理会这个问题。

“莫德想要做出改变。真的，她本人其实……我是说，她看起来很……”茉莉安犹豫了。她不能说总统“很好”。她身上有一种令人生畏的东西，绝对称不上“很好”。“很真实。”

朱庇特脸上写满了怀疑：“想必冬洋国的公民并不这么认为。”

“她没必要完美无瑕，朱庇特，只要她能帮我们救人就行了！”

“茉莉安，”朱庇特捏着鼻梁说道，“你说他们愿意救助奇迹动物，这话我一秒钟都不会信，更不用说援助我们这儿的奇迹动物了。”

“可是，如果她真的想要做出改变呢？他们找到了解药，救了他们那儿的奇迹动物，不是吗？这件事总是她做的吧。要是连机会都不给，不就一点儿可能也没有了吗？”

朱庇特思考了一番：“小茉，你应该明白，这是雷区。我们不能往里跳——”

“朱庇特，今天早上，索菲亚她……”茉莉安哑着嗓子，说不下去了。但朱庇特脸上的悲伤神情足以表明，索菲亚入院的事，他已经听说了。“就在我们算计着要不要跳进雷区的时候，有多少奇迹动物在受苦啊！要是你能稍微跟首相提一提——”

“好了好了！给我一点儿时间……想一想。”他重重地叹了口气，向后倚在办公椅上，仰头盯着天花板出神。“我很想努力理解这一切，但我仍然不敢相信，你居然没跟我商量，就自己跑到那边去了。”

“乘坐虚空线路就行了呀。我必须得做点儿什么，不是吗？”

朱庇特往前凑了凑，语无伦次地说道：“你到底……我是说……真的，为什么？为什么要这么做？由奇团里的成年人组成的专案组，每天都在拼命地工作，你却仍然觉得不够，这是为什么呢？请原谅，但我必须得说，没有人要求你非得做点儿什么不可。”

茉莉安打了个哆嗦，就好像被人迎面泼了一杯凉水似的。她突然想起了霍利迪·吴说过的话——她也指责茉莉安“闯进了不该去、不准去的地方”，没人要求的事她却偏要做，最终惹出了大麻烦。

受伤的心情迅速转化为愤怒，像巨浪似的在她心里涌起，而后化作尖刻的语言倾泻而出。

“那么请问，你们这些成年人都做了些什么？”她叫道，“你们找到解药了吗？布兰布尔教授‘每天都有新进展’是吗？其实这星期和上星期没区别，上星期和上上星期也全都一样，对吧！你说得没错，没有人要求我。但我就是做了，自发自愿地做了。我不得不到自由邦外面去求助，结果竟然奇迹般地找到一位真正的成年人愿意帮忙！”

这下，轮到朱庇特哆嗦了。

“去跟斯蒂德谈一谈，”茉莉安忍住愤怒的泪水，“我不管你喜不喜欢他，你只要告诉他这件事，他只要接受邀请，我们就有可能挽救奇迹动物。请你务必让他了解现在的情势，否则我……

我别无选择。”

朱庇特脸色苍白：“什么意思？你别无选择，这是什么意思？”

“意思是，如果斯蒂德不接受邀请，我就要接受斯考尔的条件。”

15
亲爱的首相

茉莉安没坐过过山车，但和朱庇特发生争执之后的四十八小时，让她体会到了那种感觉。

出乎她意料的是，朱庇特似乎完全接受了她硬塞给他的任务。争吵之后，他立刻就出门了，决心去说服首相与莫德总统会面，随后一整天都不见人影。到了晚上，他终于回来了。他急匆匆地穿过大堂，没理会茉莉安、玛莎和芬内斯塔，直奔电梯而去，一句话也没留下。不论他和斯蒂德说了些什么，看样子，结果都不太妙。

“这个人啊，把整个世界都扛在肩上了，”玛莎心疼地看着他，摇了摇头，“总是给自己这么大的压力。”

茉莉安没说话，但是心里非常内疚。毕竟，这次给朱庇特施加压力的，是她。

“是啊，我都看出他有点儿紧张了。”芬内斯塔说着打了个哈欠。虽然凯吉瑞已经抗议了十几次，可她还是仰面躺在服务台的桌子上，懒洋洋地翻着肚皮。“所以我给他准备了一份礼物。放在床上啦。”

茉莉安和玛莎惊讶地互相看了一眼。

“我——哎呀，小芬，”茉莉安说，“这可太棒了。你到底准备了什——”

“芬——内——斯——塔！”朱庇特愤怒的吼声回荡在空荡荡的走廊里，沿着螺旋楼梯传到了大堂。

玛莎像是吓了一跳，斜着眼睛问小芬：“鱼？”

“老鼠。”华姿猫很不高兴。她精心准备的礼物竟然如此不受待见。“超级大的一只老鼠。哼，真是不懂感恩。”

和业主一样，丢卡利翁大饭店也是郁郁寡欢、沮丧失意。但与业主不同的是，大饭店的表达方式越来越古怪了。

之前闭合的百叶窗仍然没有拉起来；玛莎、查理和凯吉瑞费了九牛二虎之力也不管用。所有客房和大部分员工宿舍都是又冷又黑。茉莉安的房间也快撑不住了。壁炉总是熄灭，她一天至少要重复点燃十几次；兽足浴缸原本会在最合适的水位自动关掉水龙头，现在却总是外溢，把浴室都淹了。不过最让她忧心的还是八爪鱼扶手椅，它的腕足已经连续几天一动不动了。

尽管丢卡利翁大饭店的大部分都进入了休眠，有些地方却好像由高效涡轮机驱动似的亢奋至极。南座院子里的果树长疯了，果园变成了一大片可以结果子的野林子，秋季收成至少比以前增加了六倍。

大堂也比平时更活跃了。它每隔几个小时就要变化一次，尽情地装点披挂，仿佛要参与各种大型活动——当然，弗兰克不曾策划，活动也压根儿不存在。早上六点，朦胧的灯光和沁人心脾的爵士乐打造出奇妙的鸡尾酒会。而后，不知道为谁举办的生日宴会登场，气球塞得满满当当，让人动弹不得。（芬内斯塔兴奋地磨着爪子，赶在午饭前把场地清理干净了。）

到了傍晚，大堂又呈现了一场盛大迷人的婚礼：数千支白色锥形蜡烛、精致典雅的花束、撒满彩纸的过道……钱达夫人认为这实在太浪费了，于是不停地怂恿玛莎和查理，说即兴婚礼非常浪漫，而且会让大家都感到幸福。但玛莎和查理不为所动，坚定地拒绝了她的暗示。

每当又有新的状况发生，弗兰克和凯吉瑞就会好言好语地劝说丢卡利翁大饭店，让它别想不开，提醒它该休息了，应承说很快就会一切恢复如初。但大饭店根本不理他们，又把一片洁白的婚礼变成了泳池派对——螺旋楼梯变成了滑水道。弗兰克和凯吉瑞终于放弃了，决定随它去吧。

"唉，这可怜的小东西。"凯吉瑞长长一叹。他穿着粉红色的格子泳裤，戴着泳镜，站在跳水板（原本是服务台）上俯瞰湿漉漉的大堂。"打扮得漂漂亮亮，却没有宴会可开。"

直到第二天早上，茉莉安终于鼓起勇气，敲响了朱庇特书房的门。她做好了迎接坏消息的准备，可朱庇特却露出满意的神情，把永泊镇的三份主流报纸摊在桌上让她看。

解药？不必了，谢谢——首相如是说。

不仅事关空心痘疹？

冬洋国泄密信件透露：斯蒂德不愿救人一命

拜托了，首相，求你接受，求你答应。

“看看第二页。”朱庇特指了指《前哨报》。

茉莉安一翻开头版，就看到两个红色的大字：解密！大字下面是一封手写信的照片，信上的封印想必出自莫德总统——蝴蝶剪影上覆着繁复华丽的花体字母 W。茉莉安又略翻了翻《晨报》和《窥镜报》，瞥见了同样的信件照片。她清清喉咙，大声念了起来：

亲爱的首相：

感谢您今日与我会面。很遗憾我们未能达成共识，不过，您所服务的自由邦的公民，恐怕会对您的沉默更为遗憾。

不论是作为一国首脑，还是人类的一员，我都愿再次为您面临的挑战表示声援与同情。以我的经验来看，您称为“空心痘疹”的疾病非常凶险，造成的后果往往无法挽回。

然而，正如我今早所言，它并非不可战胜。

以失去许多生命为代价，我方一名公民找到了治愈这种可怕疾病的方法，并将其推广。现在，我们已摆脱了这种疾病带来的恐慌——奇迹动物与人类皆然。我愿意将此善举推及您与您的人民。我们很乐意将解药分享给你们。

至于回报，我只有一个请求，那就是：希望。

希望有朝一日，我们能携起手来，跨越巨大的鸿沟。

我们本着真诚的和解精神，向你们伸出援助之手，并期待你们接受这一好意。

谨致诚挚问候

冬洋国总统

茉莉安皱着眉头：“我不明白。他们这是真的……见面了？”

“唔，冬洋国的总统肯定是跟你谈过不久，就向斯蒂德发出了邀请，因为我去找长老们的时候，他们已经知道这事了。”

“他们怎么会知道啊？”

“噢，奇迹社团一向会在首相府安插耳目。斯蒂德就算去洗手间方便一下也会有人跟奎恩长老汇报。奎恩长老得知斯蒂德收到了总统的邀请并打算拒绝，于是召集专案组商量对策。当然，我还是装作什么都不知道。”

“为什么？”

“这还不明白吗？是他们告诉我，不是我告诉他们，这样就不会有人知道你私自使用了虚空线路，也不会有人知道你那些盘算。大家相安无事多好啊。”

“呃，是这样啊……很好。”茉莉安心里又泛起了内疚，不过要是诚实以对，她可能还会为自己努力营造的结果感到一丝自豪。朱庇特一挥手，不打算再提什么“叛国行为”了。

“所以，我们三个去见了斯蒂德。”他继续说道，“我怒目相向扮演白脸，布兰布尔教授晓之以理扮演红脸，里弗斯探长则居中调和。但那个大傻瓜怎么也不肯松口，最后还威胁说要把我们轰出去……那，可就怪不得我们请出大杀器了。”

“奎恩长老？”

“奎恩长老。”他兴奋地扬起眉毛，“她可真是了不起，简直是集愤怒、理性于一身的谈判机器。她说服斯蒂德接受会晤邀请，顺便还说服他服用维生素、换个更好的发型，以及给妈妈打个电话问候问候。可以说是所向披靡。”

“然后呢？”

“然后……没什么然后。斯蒂德就去会面了呗。他们是在虚空中交谈的。我们都陪在边上听着。总统挺和气，甚至颇有魅力。她愿意提供解药，要求的回报仅是双方不要表现得那么敌对。斯蒂德拒绝了。”

“为什么！”

“因为他太自负。对方总统的主动高效会显得他很差劲。而且他不想在谈判中处于弱势，或者看起来有点儿像叛国。还有——正如我刚才所提到的——那家伙是个大傻瓜。完了。”

茉莉安瞥了眼报纸：“显然没完。”

“对，没完。”朱庇特说，“昨天晚上，总统给斯蒂德写了一封信。然后，那封信就……”他胡乱地指了指摊开的报纸，“……就出现在永泊镇所有报刊主编的桌子上了。”

“霍利迪·吴？”

“霍利迪·吴。”

茉莉安冷冷一笑：“所以她这次又是天才了，还是魔鬼？”

“可能都是。”他歪了歪脑袋，“也可能都不是。这伎俩有些上不得台面，而且把公众的愤怒都引到了斯蒂德身上……不过，这也是他自找的。”

“没错。”茉莉安深吸一口气，“那接下来怎么办？我们必须继续施加压力——”

“茉莉安。”

“或者向总理请愿？或者……啊，对了！我们可以组织抗议集会！就在议会大厦外面——”

“茉莉安！”朱庇特大声打断了她，“没有‘接下来’了。到此为止。”

茉莉安愣愣地瞪着他：“你在开玩笑吗？这就放弃了？”

“你让我做的，我都做了。”朱庇特说，“我去了首相府，尽我所能去说服他，但是，茉莉安……眼下我们已经用上了最后一招，如果能给斯蒂德施加压力，迫使他去做正确的事，那固然很好，但你和我都不能卷进去——”

“可我们不能就这样……”

“……到此为止。”

他们站在那儿，怒目相向，谁也不肯让步，直到有人敲门才打破这最为剑拔弩张、令人不安的沉默。

“进来！”朱庇特叫道。凯吉瑞进了屋，手上举着一只无线收音机。

“你要听听吗，小朱？”他指了指书桌上的那台收音机。朱庇特冲过去打开开关，调高音量，吉迪恩·斯蒂德固执的声音一下子涌进了书房。

“……已证实可有效降低空心痘疹相关事件的夜间发生率，减轻警方和应急人员的压力。但我担心这些举措仍显不足，最近这次令人毛骨悚然的袭击事件就是辅证。”

朱庇特看了看凯吉瑞：“最近这次？”

“不到一小时前出的事，”凯吉瑞愁容满面地说，“消息已经满天飞了——是永泊镇大学的一位奇狮教授。事件造成……”他摇摇头，紧紧抿住嘴唇，说不下去了。

“有人罹难吗？”

凯吉瑞咽了口唾沫：“有四个。两名教师，一名学生，还有奇狮自己。潜行特勤把他击毙了。”

朱庇特窒息似的哼了一声。茉莉安倚着扶手椅的靠背，紧紧抓着皮面，不让自己晃动。斯蒂德的声音继续从收音机里传来。

“……因此，政府将采取新的非常措施以对抗这一怪病。宵禁取消，对所有奇迹动物实施全天候居家隔离。从今天中午开始，所有奇迹动物禁止外出，违者将被逮捕，并可能面临最高一年监禁的处罚。在我们能够遏制空心痘疹蔓延之前，这些举措一直有效。今天不回答任何问题——”

朱庇特伸手关掉了收音机。

“‘能够遏制空心痘疹蔓延之前’？他这是什么意思？”茉莉安眉头紧锁，“所有人都知道冬洋国愿意提供解药！难道他没看报纸吗？”

“他肯定看过了。”朱庇特咕哝道，“就是因为看过了，才把宵禁换成了全天候居家隔离。他这是学着奇团的样子，想转移公众的注意力，改变舆论的风向。但这么做是行不通的。”他顿了顿，收起那些报纸，走向大门。“这么做只能火上浇油。”

朱庇特又出门了——可能是召集专案组和长老们去劝说首

相了吧。至少茉莉安希望如此。她和丢卡利翁大饭店里的其他人一整天都黏在收音机旁边，听着没完没了的可怕的消息。

全天候居家隔离还没有正式施行，警察就开始抓人了。到上午十点钟时，据新闻报道，已经有十七名奇迹动物被逮捕。

这之后，情况像滚雪球似的越来越糟。为了声援那些无辜的同胞，奇迹动物不顾禁令，纷纷走上街头抗议。

而后，参议院进行了现场直播，议员吉斯卡尔·银背发表的演讲令人惊讶：他敦促首相斯蒂德放下身段，接受冬洋国的提议。

首相对这一温和建议做出了回应：正午十二点刚过一分钟，警车就冲进了参议院，以“无视禁令”为名逮捕了银背议员——他的演讲都没做完，当然，这场逮捕也通过广播传得尽人皆知。

银背议员悄无声息地被带走了，但他的支持者可不甘沉默。他的被捕激起了公愤，到下午三点钟左右，上街抗议的奇迹动物数量增加了一倍、两倍。很快，人类也加入了抗议的队伍，要求斯蒂德接受冬洋国提供的解药。

永泊镇爆发了大游行，有的地方甚至造成了伤亡。在海棠山，一位大块头的奇狗突然向其他抗议者发起了攻击。在高墙区，一位奇象撞翻了一节车厢（谁也说不清，他是感染了空心痘疹，还是单纯的泄愤）。

袭击事件的数量一时间暴涨。空心痘疹仿佛读懂了永泊镇的愤怒，回应以更放肆的传播——十几名奇迹动物突然同时感染，而后蔓延至数百名，全镇陷入紧急态势，无法控制。

中午，朱庇特捎来口信，严令所有人待在大饭店里，不准外出。其实，他根本用不着操这个心，大堂为了吸引大家的注意力，变个不停——微型高尔夫球场、赌场、马戏场……简直无所不能——但仍然没有人挪动步子，离开收音机附近。

下午，杰克从学校回了家，不过是按朱庇特的要求，由查理开车接回来的——这样就可以避开奇迹枢纽。茉莉安见到杰克，微微松了口气，但她仍然担心霍桑、卡当斯和 919 团的其他成员。她无从知晓大家的情况——通向 919 站台的门仍然紧锁着。茉莉安希望所有人在校也好、在家也好，都能平安无事。可她能做的，只有困兽一般围着服务台转来转去，把自己的指甲啃得秃秃的。

他们一整天都期待着能有星点好消息传来，重燃希望。可等来的却是整个永泊镇施行全员居家隔离的通知——奇迹动物和人类都不例外。

“鉴于今晚是空心痘疹爆发以来最危险的时刻，首相命令永泊镇所有居民待在家里，不要外出。”收音机里传来沉重的女声。

这时，钱达夫人终于忍不住了。

“够了！”她厉声说道，站起来关掉了收音机，“别听了。别再闷闷不乐了。斯蒂德是不可能有所作为的。我们在这儿愁眉苦脸地坐着也解决不了任何问题。芬内斯塔，请把这个噩梦般的可怕装置拿走，拿得远远的！”她把收音机丢给小芬，小芬一口叼住，跳上了螺旋楼梯。

茉莉安纠结极了："可是，万一呢——"

"万一有好消息，我们肯定会知道的。"钱达夫人肯定地说，"小朱会回来，亲口告诉我们的。在那之前，大家还是听听别的声音吧。"

她环顾四周，意有所指。茉莉安和其他人甩开了新闻报道带来的麻木恍惚，几个小时以来第一次认真地打量起他们所在的这个地方。

丢卡利翁大饭店变成了最好的也是最舒适惬意的状态。所有的座椅上都铺着垫子，所有的台面上都蒙着色彩柔和的绵软织物，整个大堂就像个毯子堆成的城堡。角落里堆着书和游戏棋盘，还有装满羊毛袜的篮子和热水壶。蓬松的扶手椅、豆袋沙发、枕头、夹被和床垫围着熊熊燃烧的壁炉。空气中弥漫着洁净的亚麻布的气味和热巧克力、爆米花的香气。

"睡衣派对！"凯吉瑞挑了一双羊毛袜穿上，感动地说道，"这可爱的老家伙知道咱们现在最需要什么。"

大家全都跑回房间，换上了睡衣睡袍。杰克和茉莉安冲进厨房拿了棉花糖，还给大家做了一大堆花生酱和覆盆子酱三明治。弗兰克准备了欢快的音乐，布置了一串串彩灯，把气氛烘托得像童话一样。钱达夫人替玛莎辫辫子，弗兰克帮查理涂指甲，凯吉瑞大声朗诵着他最喜欢的诗歌。他们整晚都沉浸在字谜游戏和棋盘游戏里，就算有人想起外面可能发生的祸事，也没有说出口。

噩梦吓醒了茱莉安。在梦里，她被一群狮子追赶，狮子变成了狐狸，个个都顶着索菲亚的面孔，穿着索菲亚的紫红色外套，想把茱莉安生吞活剥。

她在豆袋沙发上坐起来，微微发抖，于是拉起一条针织毯子紧紧裹住肩膀。炉火只剩余烬，其他人睡得正香。芬内斯塔肯定是在夜里某个时刻离开了壁炉前的大垫子，挪到员工通道的门边蜷缩着。她可能是在等朱庇特，也可能是在站岗守门，熟睡的呼噜声回荡在大堂里，让人觉得无比安心。

这一切本该让茱莉安重回梦乡，但是没有，她更清醒了。她想知道外面的情况到底怎么样了。她溜上楼，来到朱庇特的书房，打开收音机，转动旋钮，找到了新闻节目。

"……此项立法受到第四穴产业工会的欢迎，"播音员念道，"详情稍后为您奉上。我们的头条新闻当数首相府午夜后发表的声明。"

茱莉安紧紧抓住椅子的扶手，心里已经不敢抱有任何奢望。

"双方之间的边境关闭多年以来，"吉迪恩·斯蒂德的声音此时有些疲惫，"对方首次释放出善意，我们应以警觉但不失热情的态度接受它。自由邦是独立的，是强大而骄傲的，但这份骄傲不会阻止我们接受对方提供的帮助，特别是在人民面临危险的时刻。"

他答应了。茱莉安真想放声歌唱，真想大哭一场，如释重负的感觉如此幸福。这竟然是真的！斯蒂德接受了莫德的条件。

索菲亚有救了——还有尤维拉、布鲁特斯、科林、以及其他奇迹动物。他们有希望痊愈了！她紧紧地把收音机抱在怀里，抑制不住想要大叫的冲动。

“今天早上九点整，”斯蒂德继续说道（茉莉安本能地瞥了一眼墙上的钟——才刚过凌晨三点），“永泊镇将开启新的历史篇章。我们将临时地、有条件地开放自由邦第一穴与冬洋国之间的边境。

“应我的邀请，冬洋国总统将携一名特使对自由邦进行外交访问。这位特使不仅是慈善家、能源行业的领头人，同时也是空心痘疹现有唯一解药的发明者。”首相说到这儿停了一会儿。茉莉安的大脑飞速运转，笑容凝固在脸上，眉头紧紧地皱了起来。

能源行业的领头人。

吉迪恩·斯蒂德的声音渐渐远去，莫德·洛里的话闯进了她的脑海：一个十三岁的孩子，为什么会关心能源行业的钩心斗角呢？

不祥的预感爬上心头，挤得她喘不过气来。她脖子发烫，热乎乎的感觉一直蔓延到发际线。整个书房像是抽空了氧气。

“能源行业的领头人”，就是斯考尔。特使就是斯考尔。

斯蒂德开放边境，将要迎来的竟是自由邦最可怕的敌人。为什么首相没意识到这一点呢？他不可能没听说过斯考尔工业集团——只要把各种情况汇总起来，肯定能推断出特使的真实身份啊！

茉莉安关掉收音机，拽紧睡衣的领子，突然间觉得喘不过气来。

原来是这么回事，她茫然地瞪着墙壁想道。他们即将开放边境，迎接斯考尔回到永泊镇。他终于得逞了，而这一切都是拜她所赐。噢，天啊，她觉得一阵眩晕。她怎么这么蠢，真是不可思议！

是她把这个机会拱手送到他面前的。斯考尔把她耍得团团转，精心编织了一张荒诞的大网，她竟然傻乎乎地一头撞了进去。虚空线路把她送到大法官法庭并不是“阴错阳差”，而是他算计好的。他造出空心痘疹根本不是为了逼迫她当什么学徒——他的真实目的要险恶得多。他的一切把戏都是为重回永泊镇铺路！

冬洋国的总统知情吗？茉莉安紧张地思考着，斯考尔的计划，她也有份吗？还是说她也被愚弄了？冬洋国的运转依赖斯考尔工业集团，依赖它危险的精神领袖。和自由邦相比，冬洋国的奇迹能更为稀缺，而能够召唤、收集、分配这一能源的尚在人世的公民，就只有斯考尔一人。他满足了一国的实际需要，如果想要回报，总统当然会无条件地满足。在斯考尔布局的这场大戏中，莫德·洛里也和茉莉安一样，是受他操控的傀儡吗？

应该设法提醒她吗？茉莉安的思绪飞驰着，脖子上的动脉一跳一跳。

斯蒂德开放边境，真的会把斯考尔放进来吗？他肯定会部署陆军、空军、警察、潜行特勤、皇家巫术委员会、超自然联盟和其他组织来守卫边境。

可传说中永泊镇自己的“古老而强大的魔法”呢？它能把斯考尔挡在外面吗？它还有效吗？它需不需要什么帮助？这些茉莉安全都无从得知。

她必须把消息传出去，必须告诉朱庇特！他是不是已经想到潜在的危险了？他一向都知道斯考尔是什么人，肯定也早有对策吧。他在哪儿？在奇团吗？还是在议会大厦？她从来没去过那儿，但从那里找起应该是明智的。她了解朱庇特。事情办妥之前，他是不会离开首相左右的。

茉莉安冲回自己的房间去换衣服。她一边飞快地蹬上靴子，一边在脑海中勾勒出永泊镇的地图，思考着从丢卡利翁大饭店到议会大厦的最短路线。她从骷髅衣帽架的手指骨间抓起油布雨伞，以备不时之需。她打开门出去，沿着四楼昏暗阴冷的走廊往前跑——然后站住了。

走廊里有个人。

他转过身面对着她，绝望而疯狂地大睁着眼睛，像幽灵一样满面苍白。他的衬衫半敞着，头发乱蓬蓬的，几乎认不清模样。但他一开口，火花般噼啪作响的恐惧便沿着虚空线路传来。

“别让他们开放边境！”

是斯考尔。

16
特　使

茉莉安呆呆地瞪着斯考尔，试图理解他的意思。她感到一阵慌乱的笑声像喷泉似的从胸膛里涌了出来，但紧接着便停在半途，卡在了喉咙里。

“什么——你说什么？”

“特使就是我。”他焦急地说道。他踉跄着走向她，双手捂着胸口，仿佛刚跑完马拉松。茉莉安能看见他的眼白。“是我。冬洋国的那个特使，就是我。你听见没有？嗯？斯蒂德就要向冬洋国开放边境了——”

“是你。是的，我知道特使就是你。”茉莉安本能地往后退了几步，“我已经想明白了。”

“你得阻止……他绝不能……你仔细听我说行不行？”

他张开胳膊，向前一扑，像要抓住她的肩膀，不过，当然，他的手直接从虚空里穿了过去。

茉莉安后颈上的汗毛全都竖起来了。她怕斯考尔，可从来没有现在这么怕过。他曾经的所作作为固然可怕，但那些都比不上眼睁睁地看到他如此恐惧。

如果你是尚且在世的最邪恶的人，那么还有什么能吓到你？

“这不正好遂了你的心愿吗？”她厌恶地打断他，“这不正是你的计划吗？”

“不是的。你听我说——”

“你造出了空心痘疹，为的就是以消灭它为由，进入永泊镇。你的计划以成千上万的生命作为筹码，你害死了人，害死了奇迹动物，为的就是爬回永泊镇——”

“确实是我造出了所谓的‘空心痘疹’，”他提高声调，压过她的气势，“但那是因为受人之托，因为报酬丰厚，因为对方是整个无名之域最强大的人，就算是我也拒绝不了。”

茉莉安的大脑飞速运转：“最强大的人——你在说什么啊？”

问题刚出口，她就想起了很久以前的一段对话。竞标日，豺镇镇政厅，她还不知道永泊镇，也还没遇见朱庇特。早在那个时候，他就告诉了她：在冬洋国，以斯拉·斯考尔的权势位列第二，仅次于——

“总统？”茉莉安又笑了出来，尽管这根本不好笑，“你想让我相信，造出空心痘疹这件龌龊事，是冬洋国的总统让你干的？”

“是清洗。灭绝。”斯考尔说，“这事本来与永泊镇不相干，不过，她从中看到了进入自由邦的机会——这一点可不在我和她的交易里。是她把一只感染的奇獭塞进间谍的潜水艇，然后扔进了鸠罗河。那水獭还以为自己在冬洋党的眼皮底下逃出一条命呢，毫不知情地就成了总统的武器。”

茉莉安的心揪紧了：“灭绝？杀死所有奇迹动物？她让你帮她除掉整整一个种族……而你，照做了？”

“对。”

“为什么？”

“因为我做得到，”他沮丧地摊着手，恨恨地说道，“因为我不得不做。因为我是奇迹锻工，而这就是我们行事的准则——‘好的’。当权者授意的恶事，我们去做，好事我们也去做，但赞扬和谴责都与我们无关。这就是奇迹锻工。”

“别替别人表态，你只能代表你自己。”茉莉安回敬道，“既然你愿意帮她，为什么又突然关心起奇迹动物了？”

“我没有！”斯考尔说，“我才不在乎他们是死是活！我对那些东西没有任何感情！这一切都跟我没关系。我在乎的，只有永泊镇。但我可以告诉你，一旦冬洋国的人越过边境，空心痘疹就彻底没救了。她根本不想帮你们。

“他们想占领永泊镇。他们做得到。就像他们当年从大狼邦铁拳出击一样，一站一站地夺取兴隆邦、闪南邦、东歌邦，他们也有本事占领自由邦。我清楚得很，因为那些战绩都有我的份。他们会毁掉永泊镇，就像毁掉那些地方一样。你以为你在挽救奇迹动物？才不是呢。最先被除掉的就是奇迹动物。然后继续推进，所有反对他们的人，所有对他们表现出一点点威胁的人，都会被除掉，被囚禁，被奴役。你那些奇团的朋友，个个身怀大有用处的心法，你以为你和他们能逃过一劫？那可大错特错了。”

“可你是奇迹锻工啊。”茉莉安完全想不通，“既然问题这么严重，为什么不阻止他们呢？我真的不能理解！”

“你以为我没有——”斯考尔大叫，但旋即就顿住了。他紧闭着嘴巴，瞪着她，鼻子呼哧呼哧地喘着粗气。当他再次开口时，已经是紧绷的、压抑的、几乎控制不住的咆哮，“放她进来，冬洋党紧随其后，这会造成多大的灾难，你只需要明白这些就足够了。”

茉莉安却想起了朱庇特的话：他要经由虚空线路进入永泊镇，我们挡不住；但他要入侵你的头脑，这是绝对绝对不行的。

这会不会是另一个精心设计的心理游戏？

她摇摇头：“我不会相信你的！”

“随便你信不信我，你们的困境都是一样的。如果斯蒂德不能守住自由邦的边境，那么自由邦很快就不复存在了。”

“我要怎么做才能说服他关闭边境？”

“你说服不了。你唯一能做的就是占得先机。想让他的方案失效，就得由你抢先消灭空心痘疹。”

茉莉安不可置信地冷笑一声："怎么消灭？"

"我可以帮你。"

"噢，原来是这样啊，"她怒道，"让我来猜一猜，又要讨价还价了是吗？你来处理永泊镇的空心痘疹，条件是我成为你的学徒？这话我是不是在哪儿听过？怎么如此耳熟——"

"没有讨价还价。"他严肃地说，"没有条件。无偿提供给你消灭空心痘疹所需的一切。你不需要给我任何回报。我所求的只是边境继续关闭。"

茉莉安紧紧地闭上眼睛。她想看透他，想得脑袋都疼了。"不对，你所求的是……是回到永泊镇。你说过，离开这里让你痛苦至极。"

"没错，那确实是我所希求的，"他承认道，"我对它的渴望超越了生命本身。"

茉莉安戒备地盯着他。这场对话无疑是有史以来最最奇怪的。以斯拉·斯考尔竟然要她帮忙……将他隔绝于永泊镇之外，消灭空心痘疹，并且没有别的要求，没有讨价还价，没有附加条件？

"让我说得清楚些。"斯考尔绷紧下巴。他的声音低沉难听，他的面孔因恨意而扭曲，但他的黑眼睛里含着一种冰冷的觉悟。"为了回到永泊镇，我可以无所不用其极。屠城不算什么，掠地也不算什么。我的躯壳在边境之外，但我的其他部分——我的思想，我的情感，我的灵魂——我所有珍贵的东西都在这里，在永泊镇。如果真能送我回家，杀掉冬洋国的所有活物我也在所不惜。

“所以，当我告诉你，不要让我回来，更不要把比我更危险的东西放进来，你最好接受我的好意，严肃以待。我宁愿永远流亡在外忍受寒冷，也不愿将这里的温暖送给她分毫。”

“你认为我是个危险人物，”他轻声细语，“没错。我做过可怕的事，我是个可怕的人，我曾创造恶魔。但总统本人就是恶魔。永不满足，欲壑难填。如果你让她进入永泊镇，她就会把我们的家园一口吞下。”

茉莉安只觉得彻骨生寒。她的呼吸在寒冷阴暗的走廊里凝成了白雾。

“我为什么要相信你？”她最终问道。

“因为我从未骗过你，茉莉安·克罗。”

“可你一直都在撒谎！”

“我从未骗过……你。”

茉莉安内心深处泛起惊讶：她意识到自己确实相信他，这一次也是。如果说以斯拉·斯考尔突然改邪归正，愿意帮她却不求任何回报，是不可能的。但由深重的仇恨驱使、恨意超越了野心的以斯拉·斯考尔，却是可以相信的。

“我要怎么做才能消灭空心痘疹？”

他吹响口哨，短促、低沉、阴森。烟与影的追猎者立刻出现了。它们挤在走廊上，簇拥着他和她，就像浓稠、昏黑的雾。茉莉安只能看清斯考尔的眼睛在黑暗中闪烁着。

“照我说的做，一步也别错。”

17

召唤师与锻工

“奇迹能是无处不在的。”

距离上一次和以斯拉·斯考尔一起踏上丢卡利翁大饭店的屋顶，已经过去了将近一年。这一次，茉莉安觉得自己的掌控力只进步了一点点。

“……阑夜期之子，掀起暴雨狂风。”她轻轻哼着。金色的细丝在她的指尖穿梭，敏捷灵动，闪着微光。

“当你召唤它时，”斯考尔的声音压过了她的歌声，“其实就是在召唤所有奇迹能。因为万事万物都是相互联结的。你要重新激活它，发出信号，让它做好准备——就像转动钥匙，给汽车点火，让引擎待命。”

“……你要去哪里，晨曦的男孩儿？”

茉莉安聚精会神，眉头紧锁。奇迹能像细绒毛似的在她四周的空气里丝丝显现，渐渐靠近。她从没有召唤过如此多的奇迹能。伴随奇迹能而来的是熟悉的富足充实的感觉，但一想到自己就要达到能力的极限，随时可能倒下，不安便削弱了充实。她双手紧紧攥着油布雨伞，将它贴在胸前，仿佛它像能锚一样定住自己。

永泊镇在脚下铺展开来，绵延四方数英里。她能望见城镇中心一片一片的光污染，那是老镇区、波希米亚区，以及永不休息的工业区——布鲁珊区和麦格理区。与之相对的方向，黑压压的城镇像夜空倒映的地图，漆黑的底色上点缀着灯光，街巷纵横犹如星座。

“与太阳同升，和风轻暖……”

“别太过了。”斯考尔提醒她。

“可你不是说——”

“我说的是，比以往刻意召唤时多收集一些。我可没让你像挖石油似的掘地三尺。你已经吸引住它了。看，它等不急要取悦你呢。看见了吗？”

“没有。”

“注意力集中。”他说，“记住：应召而来的奇迹能会向召唤者和奇迹锻工显形。”

茉莉安强忍住翻白眼的冲动。她努力地放松双眼，眼皮将要合上时，反而真的看见了。奇迹能在半空中翻飞盘绕，从四面八方向她涌来，像阳光一样照亮了周围的天空。她深深吸气，重新睁开眼睛。亮度弱了下去。

“明白了吗？”斯考尔说，“召唤奇迹能，其实就是在召唤所有。因为万事万物都是互相联结的。”

茉莉安伸出手扶住栏杆，稳住自己的身体。

“现在，脑海里想象永泊镇的全貌，”他继续说道，“你就能知道，在这一刻，奇迹能密度最大的地方是哪里。就像此刻这一幕——夜色里的城镇——每一束奇迹能都像一个光点。举目远眺，光点可能有百万个、亿万个，但总有某些地方比其他地方更亮。找到了吗？在哪里？”

茉莉安想了一下：“奇迹社团。”

“还有呢？”

“哥布莱恩图书馆。”

斯考尔点点头，示意她继续。

“唔，还有瀑布高塔、杰米蒂公园……失窃时光博物馆？”

“在你毁掉它之前，是的。”斯考尔说，“还有光翼宫、永泊镇歌剧院、丢卡利翁大饭店，等等。这样的地方散落在永泊镇各处，有数百个之多；每一个都生产着、消耗着大量的奇迹能，不断循环往复。所以在你的这张奇迹能密度图上，这些地方通常都是最亮的。然而，在一年中的某些时刻，会另有地方比它们更明亮。比如说，夏季每周五晚上的老镇区。”

“因为永泊镇市集？”

斯考尔点点头。“还有平安夜的勇气广场。在特定时刻——

一个晚上也好，一个小时也好——这些地方就像辉煌的灯塔，能将奇迹能洒遍所有阴暗角落。”他停下来，凝视天空，沉默了一会儿。“今天晚上，你需要变成永泊镇那座最明亮的灯塔。光凝成的诱饵。这样我们才能把隐匿各处的空心痘疹引出来。”

“什么意思？”

“你比其他人更了解空心痘疹，”斯考尔说，“它不是疾病，而是像疾病的恶魔。它以奇迹能为食，而奇迹动物身上富含奇迹能。它毁掉他们的方式是：像寄生虫侵入宿主那样，吞噬使他们成为奇迹动物而非奇状动物的东西。榨干他们身上的最后一点儿奇迹能，让他们只剩空架子。将宿主体内的所有奇迹能掠夺殆尽之后，寄生虫便去寻找新的食物来源，并且在这个过程中不断繁殖，数量激增。”

“有时，它会感知到奇迹能含量更高的来源，但那个生物，它无法理解。它围绕着这个生物，被巨大的能量吸引，想要入侵，想要吞噬，可就是做不到。”斯考尔转过身，直视着茉莉安，“因为这种生物，是奇迹锻工。奇迹能不是被动地环绕，而是主动地涌来，为你而战。它会竭力保护你不受外部力量侵害，比如空心痘疹。”

“噢。”茉莉安慢慢回想，“难怪我身边的奇迹动物总会出事。”她突然意识到，可能是因为自己，索菲亚才住进了医院。她的心怦怦直跳，在一直以来的悲伤和忧虑之外，突如其来的内疚占了上风。她一只手按着胸口，想把这些感觉都憋回去。

斯考尔倚着栏杆，俯瞰非凡大道。“空心痘疹固然聪明，但还不够聪明；它无法解读你。以奇迹能的含量来对照，它知道你是介于奇迹动物和……我……之间的生物。我创造了它，当然可以随时消灭它，这意味着在它看来，你既可能是猎物，也可能是猎手。现在向下看，看看这条街。你看到了什么？”

茉莉安谨慎地躲开斯考尔，从屋顶的边缘往下看。“什么也没有。漆黑一片。”

“唔，用用你的真法，随便造点儿什么。”

她呼出火星，让它在手上燃成火苗，然后回忆着格雷斯·葛柏丽的上一节课，将火苗塑造成念头中的动物——一匹马——然后将它送上天空。火马在群星摇曳的夜空中明亮地闪耀了一会儿，就变成灰烬烟尘散开了。

当然，她有几分表演炫耀的意味。斯考尔微微扬起的眉毛说明这一幕令他印象深刻。茉莉安不由得暗自得意。但他冲着下面的街巷点点头，她一看之下立刻吓得后退了好几步。

几十个绿莹莹的光点从四周的角落里析出，半明半昧地飘浮着，向丢卡利翁大饭店靠近，最终在前院聚集。它们在看她。她感觉得到。

茉莉安听到一声沉闷的咆哮。一声凄厉的尖叫。她耸起肩膀，只觉得后颈发凉。煤气灯下面有一群黑影在动。她只能辨认出一个笨重的、长着螺旋状弯角的大块头。光晕里还有一条奇蛇在挣扎扭动，这是能看清的。

“它们知道，你不是我。它们知道，你的能力远远称不上‘强大’。”斯考尔说，“但你身上确实有它们熟悉的东西。当你出现在附近，它们就会变得活跃，就像熟睡的狗，闻到了主人的气味，或兔子的气味。它们渴望弄清你究竟是什么，于是急着要脱离它们的‘牢笼’，也就是宿主的身体。啊，对了，你带伞了吗？”

茉莉安点点头，心事重重地举起了她的油布雨伞。自打在走廊里撞见斯考尔，她就一直把它攥在手里。“现在呢？要干什么？”

“让它们追击你。”

说完这句令人不安的话，斯考尔就张开双臂，向前一倒，穿过栏杆，从屋顶上扑了下去。不等他落地，无形的黑影和烟尘就将他裹住。仿佛是对茉莉安真法表演的回应，黑影变成一匹马的形状，斯考尔拎起缰绳，在夜色中奔驰而去。跑出一个街区之后，茉莉安远远地望见他回过头来，满目期待地看着自己。

恐惧攫住了茉莉安的喉咙。她应该做什么？跟上他？打开伞，从屋顶上跳下去，就像破晓期元日那样？可是……她会不会落到前院，被那些感染了的奇迹动物攻击？这像是一个陷阱。

茉莉安紧紧地抓着油布雨伞，轻声自言自语：“我不知道该怎么做。”

但丢卡利翁大饭店给了她答案。

茉莉安看见栏杆边伸出了一根长长的、闪着光的金色缆绳。

缆绳向下方的街巷延伸，看不清尽头在哪里——或许根本就没有尽头。

决定了。茉莉安想道。她不信任斯考尔，但她信任丢卡利翁大饭店。

心脏疯狂地怦怦跳。她爬上栏杆，两条腿跨了出去，然后用伞柄钩住了缆绳的绳结。她用力拉了拉，想看看缆绳是不是真实存在。是的。是真的。

就在这时，她听到楼梯间的门开了，一个熟悉的声音在身后响起。

“茉莉安！你在这儿！你要干什……别动！停下！”

她回过头，看见芬内斯塔出现在楼梯间，大睁着眼睛，罕见地表现出了惊恐。她扬起前爪，跃上屋顶，四脚生风地朝她冲来。茉莉安紧握住雨伞，闭上眼睛，俯身向前，跳了下去。

18

勇气广场

搭乘伞轨车令人兴奋又紧张。在高空飞驰，在低空掠过，在大街小巷中穿梭，越过一座一座屋顶；要控制好自己，在正确的时刻着陆，在正确的地点着陆，最终抵达目的地。这是非常“永泊镇式”的体验：在令人振奋的狂喜和绝对的恐惧中拿捏微妙的平衡。

然而，当你沿着一根五分钟前还不存在的缆绳往前滑，并且不知何时何地才会着陆（甚至可能永远都不会着陆）时，恐惧的比例猛然飞涨。

茉莉安努力地将目光集中在斯考尔身上，紧随其后，希望他不会把自己引入死地。可她也实在忍不住回头去看，那些穷追不舍、眼睛泛着绿光的奇迹动物。他们奔跑、飞翔、滑行、跳跃；他们的数量越来越多，渐渐超出了她的想象。就像斯考尔形容的那样，她变成了一座灯塔，吸引着他们——不，是吸引着空心痘疹，让它牵扯着那些受害的奇迹动物。可是，引向何处呢？是他们在追击她，还是她在引诱他们？

只有斯考尔知道。

不过，如果他的计划是杀了她，那么这种方式显然极其低效——至少这一点让她颇感安慰。

他们就这样在城镇里奔驰了好长一段时间。茉莉安觉得自己的胳膊开始没力气了，也不知道自己还能坚持多久。正琢磨着，目的地的方向突然明朗起来。

紧随斯考尔之后，由西门进入老镇区，经过永泊镇歌剧院，沿着环镇大道，一路朝着镇中心驰去。在前方，斯考尔已经到了勇气广场正中央的鱼形雕塑喷泉旁边。他跳下阴影黑马，挥手让它消失在虚空之中。

茉莉安跳下伞轨车的时候就没那么优雅了。她一脚踩在鹅卵石地面上，硌得两脚生疼。她随着惯性向前冲了几步，不过还是站住了。而当她回头望向来时的那条路时，不由得膝盖一软，差点儿跌倒。

大街上、小巷里、林荫道间，数不清的绿色光点纷纷沁出，荧荧如惑，涌向勇气广场。几百个，上千个……犄角、蹄子、利爪、獠牙组成庞然大军逼近广场，一双双泛着绿光的眼睛紧紧盯住了茉莉安。

然而，这些感染了的奇迹动物越是靠近，就越是谨慎。他们咆哮、嚎叫、咧嘴、淌口水，时而往前蹿，又向后退，似乎个个都在等着别处发出进攻的信号。

斯考尔说得没错。空心痘疹无法解读她。

“我要做什么？”她浑身颤抖地问道。

“消灭它。”他说，“毫不留情，毫不犹豫。不过最重要的是，彻底消灭。如果永泊镇想要消灭空心痘疹——真正地根除——那么就必须一气呵成、一点儿不剩。只要你允许一颗光点存活下来，那就是允许它繁殖壮大、卷土重来。你必须一击即中。”

“是的，可是——”

“先等等，”他抬起手，“等他们再靠近些。”

感染的奇迹动物渐渐靠近，近得茉莉安能够辨认出独立的个体。其中有几位甚至是茉莉安认识的。那身材魁梧的白色奇熊，是奥利安娜饭店的门房；那家饭店和丢卡利翁大饭店只隔着几条街。那奇蜥是鬣蜥乐队的贝斯手；那是弗兰克最欣赏的乐队。

“将他们视作一体。”斯考尔好像能猜中她的心思，“空心痘疹是一个敌人，是分散在各个躯体内的一头恶魔。控制一个就等于控制了所有。明白吗？”

茉莉安咽了口唾沫：“不太明白。”

斯考尔把他们引到这里来，是什么目的呢？他所说的“消灭”，意思是……要杀死这些奇迹动物吗？她只想帮助他们摆脱病魔，不想引诱他们送死。

一只巨大的、色彩鲜艳的奇鸟突然朝着茉莉安的脑袋俯冲下来。茉莉安尖叫着驱赶她，想要护住自己。

“再等等。”斯考尔警告道。

“等什么？”茉莉安大叫，“等他们一起来攻击我吗？”

斯考尔的目光掠过步步逼近围成一圈的奇迹动物，看起来相当冷静。

他当然冷静了，茉莉安心想，他随时都可以消失在虚空中，溜之大吉；但我可不行啊。她盲目地按照他的指示，把自己当作诱饵，踏进了这明摆着的陷阱，现在无法脱身了。

茉莉安觉得自己的脉搏震得脑壳嗡嗡响，肺粗重地张合着，仿佛无法吸进足够的空气。她觉得自己是个彻头彻尾的傻瓜。她会不会真的死在这儿，死在勇气广场？谁也不知道她为什么要来这儿，不知道她到底想干什么。人们会永远记住这个白痴——不顾全城封锁，在空心痘疹最猖獗的夜晚出门，然后果不其然被干掉了。人们肯定会说这是活该。

“好了。”斯考尔靠近她，讲话的声音压过了那些奇迹动物的咆哮声、尖叫声、磨牙擦爪声，“差不多了。等我给你信号。”

“你要让我干什么？”茉莉安尖叫着向后退，躲开了一条张着大嘴咝咝扑来的绿花斑奇蛇。

“如果被熊追，你该怎么办？”

鉴于最近刚好有过类似的经验，茉莉安立刻斩钉截铁地答道：“跑。”

“不对。你要让自己比熊更大。”

“可是我该怎么——”

“你引来的并不只是这些奇迹动物，”斯考尔打断她，冲着那伺机而动的一大群努努嘴，“看看围着你的是什么。仔细看。”

茉莉安再一次用上全身力量，让眼睛放松，直到眼皮快要合上……勇气广场亮了起来。亮晶晶的浅金色奇迹能，一路从屋顶跟到了这里，就像那些奇迹动物一样——就像他们一样，奇迹能的浓度也呈指数级增长，亮得要刺瞎人的眼睛。

“我要怎么用它？”

“造一些大块头。用你知道的方法，擅长的方法。用不着多完美，只要足够大就可以，大到能将所有奇迹动物身体里的空心痘疹同时引出来，就像从伤口里吸出毒素。”

大块头。足够大。

茉莉安绞尽脑汁，可还是毫无头绪。斯考尔对她的评价是正确的：距离该达到的水平，可以用光年计算。

她僵在原地，仿佛恐惧已经生出了根，扎进了地里。“我……我做不到。我学得还太少——这是你自己说的。”

斯考尔的面孔唰的一下闪到她面前，眼睛一抖一抖地亮着。

“现在可不是装弱小的时候！”他咆哮道，“那个复活火花树的茉莉安·克罗哪儿去了？那个关停邪灵黑市、在失窃时光博物馆里指挥死亡交响乐的女孩儿哪儿去了？那个茉莉安·克罗呢？在哪儿？快回来！”

“那不一样！那些不是我计划好的，是突发事件，我不能——”

“茉莉安！茉莉安！我来了！”

茉莉安听见远处传来一个狂乱的声音，她转过头，越过那密密麻麻的绿眼睛望去。

她没想过。这不可能。地平线上，一团巨大的、模糊的灰色物体正沿着环镇大道，一跳一跳地向勇气广场冲来。

“芬内斯塔！”

她的心一下子跳到了嗓子眼儿。小芬毫不犹豫地闯进广场，蹬着奇迹动物的背，或踩着他们之间的空隙，一跃接着一跃地向她靠近。茉莉安这辈子都不曾如此喜忧交加。

“小芬，当心！当心！”她尖叫起来。一大群奇鸟在华姿猫头顶盘旋，轮流俯冲，像炸弹似的发起了攻击。

但芬内斯塔似乎根本没注意这些。她稳稳地落在茉莉安面前，掉转方向，冲着那些奇迹动物露出锋利的犬齿，恶狠狠地咆哮起来。

茉莉安顾不上多想，俯下身子，用火苗在地上画了一条线，把他们三个——她、小芬和斯考尔——兜进明亮的火苗屏障，暂时挡住了那些奇迹动物。

“你来这儿干什么？”芬内斯塔怒气冲冲地吼道，“你在想什么？你怎么能那样跑掉？那样从屋顶跳下去？你可能会被——”

“我必须那么做！”茉莉安着急地说。包围着他们的火苗越蹿越高，汗水流进了她的眼睛，视线变得模糊，火墙之外的奇迹动物看不清了。“以后再跟你解释！”

“要不是你那些笨蛋同学砸开了你屋里的那扇门——”

“我那些……你说什么？谁？”

“那个讨人厌的男孩儿，还有……谁来着？还有一个跟他一起来的……我忘了——”

“是卡当斯！是霍桑和卡当斯！他们把通向站台的门……砸开了？”在这一刻，茉莉安本以为恐惧已经达到了顶点，但它还是像更冷、更锐的针，扎进了她的心。“他们好不好？他们有没有出什么事？”

“他们挺好的，只是非常担心你。”小芬急匆匆地说道，“直接闯进大堂，大呼小叫地喊着你的名字，说你们另一个朋友在梦境还是幻象什么的东西里看到了你……说你被火和利齿包围着。他们让我带他们去找你，结果——”

“是兰伯斯。”茉莉安轻声说。

在极尽疯狂的境地里，她居然获得了片刻安宁。沉甸甸的重负——她从未意识到的重负——消失了。

斯考尔说奇团“就要亮牌了”，说布兰布尔教授找不到解药……他都说中了。但唯独那句“奇迹锻工没有朋友”，他真是大错特错。

茉莉安有朋友。真正的朋友。担心她牵挂她，也被她放在心上的朋友。不是地下九层那些离世已久的幽灵，而是看得见、摸得着、活生生的朋友；当她身陷危险时，会破门而入来救她的朋友。像家人一样的朋友——比如朱庇特，竭尽全力让她远离任何伤害；比如小芬，迎着一大群疯狂的奇迹动物也要保护她。她知道自己也愿意同样对待朋友，无论发生什么。

这就是她和斯考尔的不同之处。她不是他。油然而生的笃定让她有了斗志，有了勇气。

“克罗小姐，我们的时间不多了！”斯考尔急促地说道。芬内斯塔这才第一次注意到他，惊得一跳老高。“你不可能永远这么挡着他们。如果现在不采取行动，那——”

“我知道！嘘，让我想想。”

“斯考尔！”芬内斯塔咆哮着，全身的毛都竖起来了，好像触电了一般。

“他在帮我消灭空心痘疹。”茉莉安对她解释道。小芬大张着嘴巴，可能是惊讶，可能是惊慌，也可能二者兼而有之，反正一时间说不出话来。

“克罗小姐——就是现在！”斯考尔叫道。

茉莉安闭上眼睛，撇开一切嘈杂，假装此刻只有自己一人。

用你知道的方法，擅长的方法。

烈焰，她想道，我擅长烈焰。

万事万物都是互相联结的。

茉莉安睁开眼睛，看了看地面：圆润的鹅卵石拼成了各种各样的花纹。

她跪下来，伸出手摸了摸，深吸一口气，突然尖叫起来——一只灰色的大爪子把她推到了一旁。

“噢！小芬，怎么——”

“茉莉安！趴下！”

那头白色的奇熊冲过火圈向她扑来，犹如一头受伤的巨兽。但小芬的个头足足有他两倍大，她大声咆哮着，震得茉莉安耳朵生疼，甚至连身体都像是穿透了。奇熊退缩了片刻，很快就重整旗鼓，再次向茉莉安冲去。小芬向前一跃挡在前面，奇熊一口咬住了她的脖子，猛地一甩脑袋，把她掀倒在鹅卵石地面上，发出响亮的“扑通”一声。

“小芬！”茉莉安尖叫起来。

这时，就像终于等到了期待已久的信号，感染空心痘疹的奇迹动物像图书馆里的书虫一拥而上。几秒钟之内，她就看不见小芬了，只能看见一只大爪子茫然地乱抓；利爪所到之处，无不见血见肉。

愤怒的尖叫仿佛战斗的号角，茉莉安双手按住地面，将身体里的每一丝每一毫恐惧和怒意都释放出来，将它拧成一股股脉动的火焰，气势之猛连她自己都感到吃惊。火焰沿着鹅卵石之间的缝隙蔓延，很快就弥漫了整个勇气广场。广场的地面犹如被闪电击中的电网，熊熊燃烧起来。这不只是火，更是能量，亮烈而浓重，把所有奇迹动物都震得离地几米高，犹如热气蒸腾。他们悬在空中，直到火焰熄灭才落回地面。

落地的声音像是整座森林的树木被齐刷刷砍倒。而后，夕阳大联欢上出现过的一幕重现了：空心痘疹半明半昧的绿光离开了宿主的身体，浮上半空，迟疑地盘旋着。

茉莉安晃晃悠悠地站着，望着眼前诡异的一幕，耳朵里嗡嗡直响。突如其来的静默笼罩着勇气广场，像一条沉重而柔软的毯子。像风暴的中心。

她做到了。足够“大”吧。

“现在怎么办？”她低沉的声音没有表达出内心的恐惧。正是在这一刻，她才真真切切地明白：如果此时不能消灭空心痘疹，那么这千百个碎片——寄生虫——就要融进夜色，消失在黑暗中，潜伏在不为人知的地方，感染更多的奇迹动物。

绿光环绕着她，就像一只只翠绿色的萤火虫，一会儿聚拢起来，一会儿又分散开去，但一直保持着客气观望的距离。它们在等待。

茉莉安转向斯考尔，只见他正带着一种超然的好奇看着那些光点。

“它以为我就是你。”茉莉安觉得两腿发软。她太累了。“对吗？它以为我……是它的主人。”

斯考尔歪歪脑袋：“唔，那么，你打算怎样除掉它呢？”

茉莉安回想着他之前说过的话：空心痘疹是一个敌人，是分散在各个躯体内的一头恶魔。控制一个就等于控制了所有。

“我要……命令它？”

“干脆利落。”斯考尔看着她，“这个命令必须是绝对的。克罗小姐，如果言辞背后另有歧义，它是不会服从的。”

有些奇迹动物渐渐缓过来了。茉莉安听见他们不知所措地窃窃私语。那白色的奇熊轻声咕哝着，坐了起来。

就在她觉得自己体力不支要倒下去的时候，一个柔软、温热、毛茸茸的影子挪过来，撑住了她。小芬灰色的大脑袋轻轻地顶着她的肩膀。

“我不行。”她轻声说。

“你行。”芬内斯塔和斯考尔异口同声。

光点靠近了。看着她，等待着。

她一直认为，彻底消灭空心痘疹是一件好事，因为那样就能避免永泊镇陷入万劫不复。奇怪的负罪感，在她意料之外。空心痘疹根本就不该被造出来，可现在，这东西——疾病、恶魔，或别的什么——正在等待的，是她的判决。

“你必须离开，”她轻轻地说道，“我要你离开。”

“干脆利落。”斯考尔提醒她。

茉莉安想到了索菲亚。她的声音变得冷硬。她突然感觉到一股力量，既令人厌恶，又令人陶醉。这是她曾有过的最好的也是最坏的体验。

“你必须死去。”

空心痘疹听见了，服从了。勇气广场上成百上千的绿色光点，一个一个地暗了下去，直至四周陷入全然的黑暗。

19

卧床休息

“你事先知道吗？”

“什么？关于她能够——”

“对啊。”

“天哪，不知道。我估计所有人都不知道，就连她自己也不知道吧！”

昏沉的睡梦里，断断续续的对话钻进了茉莉安的耳朵。一开始只是小小的声音，就像敲玻璃似的，想要引她注意。后来，无形的耳语变成了实实在在的话语——她完全清醒了——昏睡变成了偷听。

“她那个疯疯癫癫的资助人也不知道吗？”

“如果诺斯队长真的知道，那他装得可够好的！对了，你怎么能一下子借出来这么多书？”

“职务之便。”

茉莉安睁开眼睛——只睁开一条小缝——看见欢悦小姐正在对面收拾病床。罗西尼·辛格坐在病床的另一边，手里拿着拐杖，一脸困惑地看着忙碌的欢悦小姐。

“你不用忙东忙西的啊，娜娜，我可以——”

“你可以坐在原地，什么也别说。也别再瞎胡闹了，要是再把线崩开，他们今天就不让你回家了！”

“我可不敢动！”罗西尼大笑道。她拉过欢悦小姐的手，把她拽近些，挺直身子，飞快地在她脸颊上印下一吻。“唠唠叨叨！”

茉莉安继续装睡。她不想让她们知道自己偷听了什么。可是，看到欢悦小姐一改贤惠列车长的模样，夸张地倒在床上，和罗西尼一起孩子般地咯咯笑，茉莉安也忍不住咧开了嘴。

看来，这正是“醒来”的好时机。茉莉安故意翻了个身，伸伸懒腰，大声地打了个哈欠，然后才睁开眼睛。

欢悦小姐立刻跳了起来，冲到了茉莉安的床边。

“谢天谢地！你终于醒了！真的醒了！”她压低声音，回过头看了看病房里的其他人——一位正在睡觉呼噜震天的女士，一位聚精会神钩毛衣的老先生。“你感觉怎么样？有没有不舒服？别忍着啊，茉莉安，快跟我说说话！”

“玛丽娜，你倒是给她个开口的机会啊。”罗西尼提醒她。

“呃，”茉莉安的声音又干又哑，“我没事，只是有点儿累。”

“可不是嘛，你都睡了两天了！”罗西尼说。

茉莉安刚刚苏醒、迷迷糊糊的大脑渐渐释出了记忆。

“芬内斯塔！”她急着要坐起来，但是没能成功（肌肉还没苏醒呢）。“小芬呢？她在哪儿？她怎么样了？她是我的朋友，是我们的客房部主管，她是一只华姿猫，她——”

“噢，你是说那个大胖胖？”罗西尼的眼睛亮了，“就是她把你送来的呀！医院的人不让她在附近转悠，因为她不是奇团成员，而且她的身体比走廊还宽，而且……唔，她总是那么容易激动吗？”

“是啊。她没事吧？”

“她威胁说要吃掉露维奇教授呢。嗯，她一点儿事也没有。”

下一个问题，茉莉安害怕得不敢问出口：“那……边境，他们……斯蒂德首相没有开放边境吧？”

“没有，没开放。”欢悦小姐说道。茉莉安立刻松了口气，浑身上下都轻松了。冬洋党进不来了。斯考尔也进不来了。他没有食言。欢悦小姐瞥了一眼罗西尼，略显迟疑，慢悠悠地说道：“唔，因为……也没有必要……开放边境了，是吧？”

她们看着茉莉安，好像在等着她拾起话茬，告诉她们究竟发生了什么。但茉莉安只是转过头去，假装没注意到。

“你看见我的衣服了吗？”她穿着一套法兰绒病号服，就这么回家可不太合适。她四下看看，看到了一小堆写着“早日康复”的卡片、两盒糖果、几束花，还有插在花瓶里雍容华贵的一大捧玫瑰和牡丹（上面的手写卡片出自钱达夫人）。但是，除了搭在椅背上的斗篷之外，其他的衣服都不见踪影。“还有鞋子。我的鞋子呢——”

“喂喂喂，”欢悦小姐按着茉莉安的肩膀，让她躺回去，“医生说，等你醒了，要留院再观察至少一晚。”

“可是我不想——”

“就一晚上，又不会怎么样！”

茉莉安叹了口气，只好又躺下了。她想回家。医院里又窄又硬的病床怎么能和85号房间给她准备的毯子小窝相比呢。

“朱庇特在哪儿？”

欢悦小姐吞吞吐吐地说：“他本来在这儿的。你被送来之后，他一直守着，一分钟也没离开。不过，罗西尼说……护士蒂姆昨晚把他轰走了，让他等你醒了之后再来。”

沉默不断拉长，茉莉安能感觉到她们探究的目光落在自己身上。终于，欢悦小姐小心翼翼地问道：“勇气广场到底发生了什么？”

“我不——”茉莉安刚开口就停住了，“我真的不……不能告诉你们。”

欢悦小姐的脸上迅速地滑过好几种情绪，茉莉安每一种都看在眼里——困惑，而后是难过，接着是担忧，最后是勉强的接受。但她只说了一句：“当然，你不想说，就不用说了。当时的场面一定非常可怕。”

“不是可怕，是——”茉莉安顿住了。她该怎么说呢？我不能告诉你我是怎么除掉空心痘疹的，因为你很快就会发现，那不是凭借我一个人的力量；你会提出更多的问题，而我全都解答不了，除非我承认自己和永泊镇的死对头、尚在人世的最邪恶的人联手合作……不提这些还有什么能说的呢？她很疲惫，大脑都不转了，什么也想不出来。

还是选择最容易的办法吧。她点点头，垂下脑袋，希望表达出“痛苦”，而不是“内疚”。“是啊，真的很吓人。我现在还不太想说。”

“不用急，花点儿时间来消化吧。”她的列车长温柔地说道，“我绝不允许谁来逼你，哪怕是长老们也不行。我保证。”

“谢谢。”茉莉安松了口气。看来，她还有时间编故事，编一个比真相好听点儿的故事。她换了个话题：“索菲亚怎么样？”

欢悦小姐的脸色暗了下去：“索菲亚，唔——她还在昏迷中。”

茉莉安皱起眉毛：“她还没醒？已经两天了呀！”

“两天？”

“我们……我消灭空心痘疹，已经两天了。”

两个年轻的姑娘互相看了一眼，似乎很困惑。

“茉莉安，”欢悦小姐说，“你是不是……是不是认为所有奇迹动物都痊愈了？”

“难道不是吗？勇气广场的那些奇迹动物都好了啊。”她坐了起来，“我亲眼看到的。他们清醒了，看起来完全——”

“大部分确实完全好了，”欢悦小姐说，“但还有例外。布兰布尔教授说，他们体内的空心痘疹已经变异了，所以有些还没有好转。”

“是已经在医院的那些？已经被隔离的那些？他们仍然……”茉莉安说不出口——仍然处于空洞状态。

“我们真的不清楚，”罗西尼说，“没有人跟我们提过。”

欢悦小姐捏了捏茉莉安的手，说道：“919 团来了。大家都急着想看看你呢，尤其是霍桑和卡当斯。我应该告诉他们你已经——”

“醒了！嗯？”霍桑的声音远远地传来。

“——算啦！”欢悦小姐说道。

卡当斯重重地拍了一下他的胳膊：“嘘！霍桑！你还想叫人轰出去吗？”

看到朋友们，茉莉安的心怦怦直跳。虽然他们只有不到一个星期的时间没能见面，可发生了这么多事，感觉像是隔了好久。

“我还以为你打算这一年都用来睡觉呢。”霍桑用略微正常的音量说道。他一屁股坐在床尾，咧着嘴说：“真懒。”

过了一会儿，欢悦小姐离开病房，送罗西尼回家。在那之前，她严厉警告霍桑“便盆不是帽子”（茉莉安不太想知道自己睡着的时候都发生了什么）。三位重新碰面的朋友压低声音，快速地分享了近几天的情况。他们不时地打断对方，所有细节都讲得很详尽。茉莉安把勇气广场上发生的一切和盘托出，惊得霍桑脸色惨白，活像见了鬼，就连卡当斯也紧紧地攥着毯子不松手。对欢悦小姐和长老们要保密，但对卡当斯和霍桑则不然。他们是她在这世界上最最亲密的朋友，他们之间不应该有秘密。

“卡当斯，你在哥布莱恩图书馆说的话是对的，”她鼓起勇气说，“我最近可能真的有点儿不对劲。地下九层，还有其他奇迹锻工……很奇怪，他们有时显得非常真实。我把他们当作……当作朋友了。我确实不太清醒……”

“嗯，是啊，”卡当斯满不在乎地耸耸肩，“那又怎么样呢？要是我们也有自己的秘密学院，整天和一些死人学习封禁的魔法，也会一头栽进去的，不是吗？听起来很酷呢！”

茉莉安无奈地笑了笑：“萨蒂亚说我整天叨叨个没完。”

“哼，谁在乎萨蒂亚说了什么！”霍桑插嘴道，“她只是嫉妒罢了。老实说，我觉得大家都有点儿嫉妒。我也想看看幽灵时段啊。”

“我也是。”卡当斯承认道。

茉莉安眉毛一扬：“可以啊！我是说……只要咱们把握好时机，躲开迪尔伯恩或穆加特罗伊德，带你们溜到地下九层应该不成问题！”

他们讨论起这机密任务，兴高采烈地商量了半个小时，霍桑坚持要把它当作一次精心谋划、危险重重的珠宝大劫案，要配备望风的、监控的，以及抓升钩（他暂时想不出要怎么使用抓升钩，反正无论如何都要带上）。他们没有提起那些仍在隔离中的奇迹动物，茉莉安也不愿意让自己的烦恼扫了他们的兴。

不过，她还有一件事要对卡当斯说。霍桑翻出一张“早日康复”卡片，在背面歪七扭八地画起傲立楼的方位图来。茉莉安抓住这个机会，轻声对卡当斯说：“对不起，让你替我撒谎。因为那本书。”

“嗬，你还能使唤我办什么事？真好笑！”卡当斯狡黠地一笑。

“你明知道我的意思。”

“是啊。没什么，你欠我一个人情。”

“行啊。”

这时，茉莉安才发觉，霍桑画图画腻了，早就不见人影了。

“他是不是去找便盆了？当帽子戴？”

卡当斯点点头说：“噢，想必是吧。”

护士蒂姆在给茉莉安检查身体时抱怨连连。

“……突然就来了八个人，把这屋里的氧气都吸光了！自制的横幅挂得到处都是！拉小提琴！跟老年病号比赛掰手腕！劳驾，各位，这儿是医院，不是我克莱夫叔叔和崔迪婶婶在克劳普尔海上教堂举办的结婚周年庆典！放过我的小病房吧！”他把听诊器从她的背部往上挪了挪，“再来一次深呼吸。对，就这样。”

茉莉安用鼻子吸进一大口气，又用嘴巴呼出一大口气。

“我是说，小姑娘，你倒挺懂事的，可是你那些朋友，简直像噩梦一样啊！一点儿也不可爱，可别让他们再来了。”

“我尽量吧。”

“还有昨晚来的那位夸张队长和长老们！哎哟！吵死了！深呼吸，对。”他又挪了挪听诊器，茉莉安的胸脯起伏着。

“怎么个吵法？”

“就像放鞭炮一样！四个人都是！大呼小叫的！这可是医院哪！亏他们还是成年人！”

“他们都说什么了？”茉莉安问道。其实她已经猜个八九不离十了。

“噢，谁听得懂呢！奎恩长老说等你醒了要问你几个问题，黄长老说要引用你的话，让公共离神事务局准备一份媒体声明。哎哟，这时那个黄毛队长一下子就炸了。‘你们关心的不是怎样对茉莉安最好，’他说，‘要不是我拦着，你们早就把她扔到狼群里了！’我还以为奎恩长老给了他一巴掌呢，可他竟然是自己打个滚儿躲开了。他真该参加个业余表演社团什么的。”

他确实是个业余表演大师，茉莉安想着，又做了个深呼吸。

“我承认，他们确实让我的晚餐时间活跃了一些，但我一吃完干酪扁豆馅饼就把他们全轰走了。可怜的普尔基斯老妇人承受不了那种兴奋，她的血压情况可不妙。”他冲着屋角病床上的女士点了点头。

茉莉安心里害怕极了。要一遍遍地回想那一夜发生的一切，要小心翼翼地隐瞒对自己不利的细节，要编一套长老们会相信并且经得住考验的说辞……这些都令她精疲力尽。

“给，把这个放在舌头底下，三分钟。”护士蒂姆把玻璃温度计塞进她嘴里，然后走到床尾，拿起写字板，“这次你又弄出什么乱子了？”

“噢，不就是那些嘛，”茉莉安含着温度计，叽里咕噜地说，“从高楼跳下来。被奇迹动物追。在勇气广场放了一把火。”

“哦，是啊，你不是一向如此吗？”他心不在焉地看着手表，在写字板上写下记录。“哎呀，舒尔茨先生的趾甲内嵌又犯了——舒尔茨先生，我在说，你的趾甲——”他提高音量嚷嚷道。病房另一边的老先生笑眯眯地挥了挥钩针。“像打仗似的。你们都是这样。来杯茶吗？”

“好啊，谢谢。”

“我还是应该通知那个大吵大闹的家伙，你已经醒了。”

“好啊，谢谢。”

尽管很累，但茉莉安想到朱庇特会跟长老们顶嘴，还是忍不住笑出了声。“夸张队长”一直都在她的身后。

“再喝点儿水？再喝点儿果汁？唔，这果汁看起来不怎么样。我从家里给你带点儿过来好吗？现在我们正为重新开业做准备呢，厨房也又能运转了，什么都可以做，可以送来。你想吃什么呢？菠萝汁？柚子？火龙果？冬青浆果？柠檬浆果？波纹浆果？三重浆果？蜜桃日落？独角兽惊喜？异想天开的春日泥浆？”

“不用了，谢谢，”茉莉安说，“这里面至少有三个是你瞎编的吧。”

护士蒂姆的消息才传过去几分钟，朱庇特就冲进了教学医院，然后就像紧张的蝴蝶似的，围在茉莉安旁边忙来忙去，一会儿摸摸她的额头，看她有没有发烧，一会儿又执意要给她多加一条毯子。他问茉莉安想不想换一张舒服些的床，一连问了三遍。（她告诉他：“医院里的床都一样。”）然后他又问茉莉安想不想换个风景好些的位置，一连问了两遍。（“这儿没有风景，”她说，“甚至没有窗户。这儿是地下三层啊！”）一开始还挺有趣的，但后来就变得有些烦人，最后快要让人抓狂了。

朱庇特仅有的不烦人的时候，就是谈及勇气广场的时候——言简意赅、严肃慎重、敛容屏息。

不出所料，朱庇特已经从小芬那里听说了大致情况。茉莉安于是在此基础上查漏补缺，又讲了一遍。他听得非常认真——尽管是第二遍了——只是偶尔打断她，确认一些细节。这之后，他又让茉莉安复述了第三遍——抹掉所有以斯拉·斯考尔的痕迹，用听起来不太假的谎言表述弥合漏洞。两个人一起想了个可信的理由，以解释茉莉安何以当晚出现在勇气广场——在丢卡利翁大饭店里闷得太久，闲得发慌，于是溜出来乘着伞轨车兜风，想要回家时掉下了缆索，刚好落在勇气广场；然后又七拼八凑地编了一段“回忆”——她无意中使用了自己尚不了解的某种真法，歪打正着地消灭了空心痘疹。这些其实大部分都是事实，但隐去一些、打乱一些，就成了天衣无缝的谎言。他们练习了好几遍，茉莉安觉得自己可以说服长老们相信了。

不过此时此刻，要是她也能说服朱庇特冷静些就好了。

她看见他拿起床头的病历，又放了回去。他已经读了十二三遍了——未免太多了，茉莉安心想，那上面只有一行大字：“卧床休息”。

“朱庇特，”她略显强硬地说道，“坐下来好吗？我有事问你。”

他走过来，从她脑袋后面拽出枕头，第一百万遍把它拍松：“好啊，不过我要先——”

“坐——下！”

她的声音大得连耳背的舒尔茨先生都吓了一跳，把放在腿上的钩针震得叮当响。

朱庇特终于不情不愿地在她床边的椅子上坐下了，好像时刻要跳起来去整理她那些花瓶似的。茉莉安瞪了他一眼，他只好把双手塞进大腿底下压住了。

“知无不言，”他慷慨地说道，“问吧。”

她看着他的眼睛。“已经感染的奇迹动物，之前就住院的那些，他们没有痊愈，是吗？空心痘疹除掉了，他们也没有好起来，是吗？他们仍然是……”她压低了声音，“仍然是奇状动物，是吗？”

朱庇特抓了抓后颈，思考了一会儿才说道："布兰布尔教授——"

"够了，"她打断他，"朱庇特，别再说她就要找到治疗方法了。除非这是事实。"

她瞪着他，等着他的解释，而他的脸色阴晴不定，头脑中的斟酌和两难一览无余。他显然还想继续这种粉饰太平般的乐观，不过也终于意识到，再也糊弄不下去了。

"他们……对，他们仍然是奇状动物。"他承认道，"已经苏醒的那些，是的。"

"那其他的呢？"茉莉安想起了索菲亚，双手紧紧攥着毯子，"他们醒来之后，会怎么样？会陷入……空洞状态吗？"

"目前还不能确定。"

"你个人的猜测是……"

朱庇特没有回答。不需要回答了。他们静静地坐了一会儿，让对话中的紧张渐渐平息。

"我没有骗你，"他说，"布兰布尔教授确实快要找到治疗方法了，至少……她自己是这么认为的。"他顿了顿，盯着天花板，平复着情绪。"我们不会放弃的，小茉，我们一定会治好他们的。"

他迎着她的目光。他的蓝眼睛睁得大大的，满含着热诚。但她知道，他其实更想说服他自己。她点点头，扯动嘴角，希望笑容有些说服力。

“啊，对了，我也给你带了样东西。”他看了看床边堆满的礼物，“虽然不像钱达夫人的花束那样华丽，但我觉得你会喜欢的。为了弄到它，我只好当了一回飞贼。”

茉莉安扬起眉毛：“当了一回什么？”

“唔，”他摸摸头发，耸耸肩膀，极力做出不在意的样子，“昨晚试了试。人总要做出改变嘛。”

“你……试着……去偷……”茉莉安也不知道该不该信。

“啊，就这一次嘛，不会成为习惯的。”朱庇特吸了吸鼻子，又补充道，“告诉你吧，我的技术好着呢。”他跳起来去拿外套，从口袋里掏出了一样东西——茉莉安本以为自己再也见不到的东西。

“艾米特。”茉莉安喃喃说道，双手接过了又破又旧的玩偶兔子。

她觉得胸口一阵发紧。

艾米特。她的朋友。

茉莉安仰起头，看着朱庇特。“你去了豺镇。你去了克罗庄园。”她的声音哽咽了。喉咙里像是卡着什么东西，咽不下去。“就为了……为了把它偷出来……给我？”

朱庇特有点儿不好意思：“严格来说，也不能算‘偷’。它本来就是你的。”

茉莉安沉默了好一会儿。她盯着玩偶兔子，使劲儿地眨眨眼睛，然后轻咳一声，说道：“谢谢你。”

“没事儿。它真的很旧了呀。”朱庇特伸出手，去拽艾米特的耳朵。茉莉安本能地把玩偶兔子往身后藏，他连忙摊开双手说：“对不起。”

“没有，没什么……只是……”她踌躇了一会儿，突然觉得很尴尬，“只是太旧了，都快散架了。”

“能让我抱一会儿吗？”朱庇特问道，又很快加了一句，“我会很轻的。”

茉莉安犹豫了一下：“唔，好吧。”

朱庇特小心翼翼地接过艾米特，抱着它，认真研究起来：布料的接缝和针脚，泛黄的白色皮毛，因为喜爱的抚摸而磨秃的一块块，毛茸茸的尾巴不见了，屁股上只悬着一条棉线——可能是洗掉了，然后就再也找不着了。

“我能跟你讲讲吗？”

“什么？”

“你很爱这只兔子。”

茉莉安翻了翻眼睛：“我知道啊。”

“不，你不知道。让我讲讲完整的故事。”朱庇特再次在床边的椅子上坐下，温柔地抱着艾米特，仿佛那不是玩偶，而是活生生的小动物。“你认为你爱它，是因为在你还是小婴儿的时候，它就来到你身边了。你认为你爱它，是因为十一年来，它倾听着你的秘密和故事。因为它的身材恰到好处，在你睡觉的时候钻进你的颈窝，在你吃饭的时候躲进你的座位。”

茉莉安笑了。她确实会带着艾米特一起吃晚饭，不过没人知道，因为谁也不愿意挨着她坐。当然，要是被奶奶发现这个脏兮兮的小东西出现在餐厅，她肯定要大发雷霆。但是，艾米特在身边，让茉莉安觉得，自己不是完全孤立无援的，哪怕玩偶并不能开口替她说话。

“你认为你爱它，是因为它软绵绵的耳朵和小背心特别可爱。”

艾米特没有小背心……但它以前确实穿着一件，就像它以前也有毛茸茸的尾巴。

朱庇特看得见那件遗失的小背心，正如他看得见茉莉安的噩梦和忧虑，看得见她惦记的奇迹动物，看得见钱达夫人永恒不变的友善。

“因为它的圆圆的黑眼睛，”朱庇特继续说道，“那让你想到了自己的黑眼睛。还因为它是你幼年以来唯一的朋友。不过，这些都不是你这么爱它的理由。”

屋子里很暖和，可茉莉安却微微打战。

“你爱它，”朱庇特用轻柔、低沉的声音说道，“是因为它的每一簇皮毛、每一处针脚、填进身体里的每一撮纤维……都闪耀着光芒。这光芒来自在你之前拥有它的人。它的第一位主人。”

茉莉安的脑袋里仿佛咔嗒一声，就像钥匙在锁孔里转动。

朱庇特把玩偶兔子抱近些，更仔细地凝视着它一根一根的绒毛，他眉头紧锁，前额挤出了深深的皱纹。“她的手印遍布它的全身。淡淡的银色痕迹。大的手，小的手，和你的手大小一样的手。二十多年，一层叠着一层。”

茱莉安屏住呼吸聆听，一个字也不愿错过。朱庇特终于抬起眼睛，将目光从艾米特脏兮兮的小脸上挪到她苍白的脸上。

“小茉，”他轻声说，“我想，这只兔子，曾经属于你的妈妈。”

茱莉安立刻就认定，他说得没错。暖意自胸口溢出，蔓延向指尖。她伸手抱过艾米特，轻轻地抚摸着它的耳朵。

这真是最最了不起的心法。

那天晚上，茱莉安没睡着。她很想睡着。她本来还能佯作无事地继续卧床一个星期，可她的头脑歇不住了。

想念妈妈，就让她想起了永泊镇的这些家人——丢卡利翁大饭店里的家人，视作亲兄弟、亲姐妹的朋友们，还有在其他意想不到的情况下结识的新朋友。

她不停地想起索菲亚，还有朱庇特承认目前没有治疗方法时的神情。在过去的几个星期里，她已经拼尽全力了——乘虚空线路去与瓦斯塔，和冬洋党周旋，和朱庇特争执，还有勇气广场上的那一夜——尽管如此，还有那么多的奇迹动物尚未脱险。她的朋友，尚未脱险。

不过，她想得最多的，还是安娜伊告诉她的事。探视时间过后，朱庇特回去了，安娜伊却偷偷溜进昏暗的病房来看她。

“茱莉安。”黑暗中，她轻声试探着，接着又是一声“哎哟！”，好像撞到了什么东西。

“安娜伊？”茉莉安坐了起来，“你怎么来了？”

“嘘。”她踮着脚尖走近了。茉莉安往边上挪了挪，给她腾出地方。“我听见蒂姆通知你的资助人，说你醒了，所以就自告奋勇来值夜班，好看看你。通常，低年级学员是不能待到六点以后的，但我想他们已经顾不了那么多了。我能吃一块你的点心吗？我早饭之后就没吃过东西，快饿死了。”

“快吃吧，”茉莉安把开了封的点心盒子塞进她手里，“情况怎么样？还好吗？”

安娜伊没回答。她咬了一口草莓松饼，像是苦恼极了，过了好一会儿才轻声说：“你醒了，这真的太好了。我们之前还在这儿给你办了个小宴会呢，就希望你快点儿醒过来。大家都担心极了。你……真的很勇敢。情况有了好转，现在没有新感染的病人了。我只是想……”她停下来，吃了一块薄荷饼干。借着黯淡的灯光，茉莉安看见她的眼睛里闪着泪花。“我只是想，为那些已经住院的病人做点儿什么。”

“我知道，”茉莉安凝重地说道，“我想——”

她不知道该怎么说下去。我想我能治好他们？还是更糟的——我想以斯拉·斯考尔能治好他们？相信他会信守诺言，也太傻了。

“朱庇特说他们不会放弃的，”她只好说，“他们一直都在寻找解药和治疗方法呢。”

“肯定的，这我相信。”安娜伊说，“朱庇特和布兰布尔教授肯定会一直努力的。但露维奇教授希望解散专案组。因为在他看来，危险已经解除了。他不愿意把所有地方、时间、资源都让给奇状动物——噢，我是说，那些还没苏醒的奇迹动物。对不起。”她觉得说错了话，有点儿紧张。“他希望一切恢复正常。茉莉安，你明白……我希望所有奇迹动物都能好起来，可是……可是没有啊。隔离病区占了教学医院的四分之三，每天都有感染者醒来，这里越来越拥挤，越来越不卫生，那气味就像……”

“别说了！”

“……像动物园！对不起，但这是事实！”她涨红了脸，但迎着茉莉安不悦的目光，毫不退缩。她的声音很轻，却斩钉截铁：“听我说。今天下午，所有医务人员和志愿者都来开会了。会议是严格保密的……可它决定着接下来的一切。”

“那，接下来会怎么样？”

“你千万不能告诉别人是我说的。事到如今，谁都无力回天，我只是觉得，或许……或许你想跟你的朋友说声‘再见’。那位奇狐，她叫什么名字？”

“索菲亚。”茉莉安的眼睛一阵刺痛，“她醒了吗？她变成……”

茉莉安说不下去了。看到安娜伊伤心地点点头，她就知道，索菲亚，不再是奇狐了。

她痛苦地缓了口气：“你说‘再见’，是什么意思？”

“他们明天就要转走了，之后我们就要彻底清理这里，让医院恢复正常运转。辅奇迹动物昏迷着，他们会被转到特别病房去，以便观察病情。布兰布尔教授组织了一支小队来照顾他们。”

“那元奇迹动物呢？”

“有些会被送到地下三层实践学科系的农业专业——”

“什么？”茉莉安尖叫起来。安娜伊连忙捂住了她的嘴。茉莉安推开她的手，轻声问：“就像家畜那样吗？”

“另一些会转到永泊镇动物园去，由专业人员——茉莉安，坐下。”茉莉安已经跳下床，急促地呼吸着，来回踱步。安娜伊则解释道：“这里没有人能照顾奇状动物，我们没办法给他们最好的——”

“那就把他们送回家啊！”

“有些是要回家的！”安娜伊也急了，“如……如果……家人还要他们，能提供适当的护理。布兰布尔教授是这么说的。”

茉莉安站住了。如果家人还要他们。她一只手按着胸口，紧紧地闭上了眼睛。

他们的家人，可能不希望他们回家？

索菲亚的家人呢？茉莉安突然心痛难当。她竟然从来没有问过。

“索菲亚现在在哪儿？”

安娜伊叹了口气，像是觉得不该告诉她这么多坏消息。但是显然，茉莉安早就卷进来了。“还在隔离病区，4A 号病房。你听我说，如果你想见她，那么你只有非常短暂的空当可用。”

安娜伊溜回走廊，回家了，茉莉安记住了她的话；按她说的做，就能人不知鬼不觉地摸进 4A 号病房。她计算着钟点，等着那“非常短暂的空当”到来。

等待的这段时间她也没闲着。她发誓要让自私的露维奇教授付出代价。她默默记恨伪善的布兰布尔教授——看似“永不放弃”地研究治疗方法，暗地里却忙不迭地要把碍手碍脚的奇迹动物送到动物园去。

而最重要的是，她制订了一个计划。躺在黑暗中，瞪着天花板，听着指针嘀嗒——胳膊底下夹着艾米特，就像小时候一样——茉莉安犹如一位象棋大师，耐心地谋划着接下来的一步一步。

她闭上眼睛，仔细分辨夜班护士巡查时的脚步声，等它消失在远处，她就坐了起来。

短促的口哨声响了，轻而诡异。

她一时不知道这样是否行得通。但很快，她听见四周的呼吸声和鼾声像是被劈开了，为低沉、厚重的咆哮声让路。

咆哮声来自她病床底下的阴影。

“出来。”原始的恐惧攀上了脊背，但她仍然把持着，让自己的声音听起来像命令，而非哀求。

阴影汇成狼形，从床下蹿了出来，一张大脸凑近了——龇着锋利的牙齿，红眼睛像炭火似的一闪一闪。茉莉安紧紧地搂着艾米特，凝聚起全身勇气，用平静的声音对那黑暗中的魔鬼说道："我要见他。"

20 开一扇窗

狼似乎盘算了一会儿，然后消失在黑色的烟尘中。

就这样？茉莉安想道，不可能这么容易吧？她原本还以为，自己需要做些什么让它服从，比如表演一段真法之类的。但显然这样就够了。狼离开了，不久就带着整个儿狼群回来了——还有它们的主人。

“别老想着这么召唤我，”斯考尔站在床脚边，躲在暗影里，“不一定每次都奏效。”

“这次奏效就行。”

“那是因为我早就等着了。你可比我预计的多耗了些时间。”

“我睡了两天。”

他飞快地向上一瞥：“当然了，你的耐力简直不堪一击。”

茉莉安没理会他的轻慢。“你说你能除掉空心痘疹。”

“没错，除掉了。你是请我来听谢谢的吗？”

“没有，你没做到，”她反驳道，“那些奇迹动物仍然处于空洞状态，他们还是奇状动物。你答应过——”

“我答应的是消灭空心痘疹，说到做到啊。”

“你答应的是治好他们！”她不由得提高了声调。睡梦中的舒尔茨先生咕哝了一声，吓了她一跳，好在他很快恢复了平静的呼吸。“你答应的是治好他们。”茉莉安向前倾着身子，重复道。阴影凝成的狼群开始低吼，发出警告，但她不为所动。“那天，在傲立楼的屋顶上，你说：‘我创造了它，当然可以随时消灭它。’”

“但治愈和消灭是完全不同的两回事啊。”他的神情高深莫测，“我对你说的是，你答应做我的学徒，我就给你解药。我不记得还有什么出于善良心地的其他提议。至于勇气广场上发生的事，那是公平互利的结果——我不想让冬洋党进入永泊镇，你不想让空心痘疹继续传播。现在我们已经两清了。如果你还想要别的，那就得回报些别的。”

“好。”茉莉安挺直脊背，掀开毯子下了床。她穿上朱庇特送来的暖乎乎的拖鞋，从椅背上拿起外套，披在病号服外面，系好扣子。“好，我答应了。我答应做你的学徒。现在就走吧。”

漫长而紧张的沉默持续着，唯有断续的鼾声从病房另一边传来。茉莉安等待着斯考尔的反应。可他却像石头似的，一动不动，黑眼睛里映出了微弱的灯光。

“我不相信，”他终于开口说道，“你为什么要答应？”

茉莉安真想甩开双手，大喊大叫，可她不能把夜班护士引来。

“你以为我为什么要答应？”她沙哑地轻语，“还有更重要的——你为什么要在乎这个？你不是一向志在必得吗？”

“如果我改变主意了呢？”他问，“如果这已经不是我想要的东西了呢？也许我觉得你身为奇迹锻工还不够好，因为你永远也——”

“你没改变主意！”她打断他，“别装了。自打我们第一次见面起，这就是你想要的，琼斯先生。你一直都没放弃。你不停地溜回永泊镇，不停地游说我。好了，祝贺你，你成功了。你提供的东西我想要，而这种渴望超过了我不想做你学徒的心意。”

“你到底想要什么？”

“我要索菲亚好起来！”茉莉安憎恨自己声音里的颤抖，憎恨能听见这颤抖的他。“我要跟她说话。我要钱达夫人因好友痊愈而快乐。我要布鲁特斯·布朗和家人团聚。我要科林回到图书馆去。我要这医院里的所有奇迹动物都……恢复他们本来的模样。这不公平。这太荒谬。天啊，这里是牢笼。这不对。”她捂住嘴，忍住啜泣。斯考尔面无表情地看着她。“告诉我，怎样根治空心痘疹？”

“你？”斯考尔皱着眉，“你根治不了它。”

“我也消灭不了空心痘疹，”她说，“但是我做到了。同理可证，根治它我也做得到。告诉我具体的步骤，我照办就是了，就像在勇气广场上一样。”

斯考尔大笑起来，仿佛她讲了个特别好笑的笑话。但笑声戛然而止，他哽着嗓子，发出奇怪的声音——半是同情，半是厌恶——让茉莉安觉得自己是个傻子。

“克罗小姐，消灭空心痘疹，和治愈感染它的患者，是完完全全不同的两件事，需要用到的本事，也是完完全全不同的两种。而你只是个……”他抬起手上下比画，轻蔑地看着她，“……蹩脚的工具。你在勇气广场的表现就和捶烂一只茶杯没什么区别。摧毁是很容易的。它用不上多了不起的本事。你只需要将内心积累的沮丧和愤怒爆发出来就行了。

“但治愈就不一样了。只有技艺高超的奇迹锻工才能将那些奇迹动物恢复成原来的模样。可你连‘技艺中等’都算不上，甚至‘奇迹锻工’这几个字搁在你身上都名不副实。”

“我有烈焰印痕，”她举起左手给他看，“我见了引火神，我复活了火花树。我就是名副其实的奇迹锻工。”

“真棒，”他干巴巴地说道，翘着两根手指头“鼓掌”，“你可以烧东西了。”

茉莉安不耐烦地呼出一口气。他在勇气广场上可不是这么说的。“那个关停邪灵黑市的女孩儿哪儿去了？快回来！”他不是说不要“装弱小”吗？难道不是这个意思？

她扬起下巴，决心坚持立场：“你只要告诉我——”

“点燃这张床。”

“我……什么？”

“这张床，”他重复道，“点——燃——它。”

茉莉安瞥了一眼门口，突然有些不安（床一烧着，肯定立刻就会有人冲进来），但她还是深吸一口气，然后——

什么也没发生。

她又试了一次。

还是不行。连一颗火星都没有。

“看吧，”斯考尔嫌弃地皱着脸，轻声说道，“‘怎么做’其实无关紧要。就算你的豪情壮志没有远远超过你的能力，也……唉，瞧瞧你那样子，就跟没电了似的，精疲力尽——这还是歇了两天之后——连最简单的本事都使不出来了。围绕着你的奇迹能全都忙着维持你的生命呢。”

茉莉安看了看墙上的钟。安娜伊说的“非常短暂的空当”就要来了；她没有时间争论了。“那我需要多长时间才能——”

“你没有认真听我讲，”他提高了声调，“休整需要几天，学习和练习则是经年累月的。等不到你成为能挽救性命的奇迹锻工，这些奇迹动物就已经耗死了。你既没有能量，也没有能力——”

“可是你有，”茉莉安说，“两样都有。”

“所以呢？”

“所以……去年，你说我这些年来所缺失的控制力，正是你进入永泊镇的窗口，你说你是借着我，才能经由虚空线路来去自如。你还说，一旦我开始学习真法，开始使用聚集在周围的奇迹能，你就不能再操纵我了，窗口也就关闭了。”她深深吸气，不敢相信自己即将要说的话：“如果我愿意开着这扇窗呢？”

茉莉安尽可能地往阴影里躲，但在灯火通明的医院里，想找到阴影也不容易。“我有个朋友在这里当志愿者，她告诉我，换班的时候，我们有五分钟左右的空当可用。隔离病区是上了锁的，钥匙在露维奇教授的抽屉里——”

“用不着偷偷摸摸的，想待多久就待多久，”斯考尔带着一丝轻蔑说道，“我们可是奇迹锻工。来，把手举起来，像这样。”他摘掉黑色皮手套，塞进口袋里，然后抬起双手，掌心冲着茉莉安。他的手上也有两个印痕，和她一样——金色 W 印记在右手食指，跳动的火苗在左手中指。这是理所当然的。而且，他应该还有其他她看不见的印痕。茉莉安已经知道，只有拥有同样的印痕，才能看见别人的。

她的手还垂在身体两侧。

斯考尔扬起眉毛：“你还想不想当我的学徒了？”

来了。茉莉安思忖着，内心的恐惧和好奇难分高下。这是某种奇迹锻工之间的仪式吧。她不能回头了。

她微微颤抖着抬起双手，按向他的手掌，却又猛地缩了回去。“等等！我要事先说明，我答应做你的学徒，是指你可以教我真法，而不是……邪恶的课程。”

“真好笑。”

“我没开玩笑！我绝不会成为你的傀儡、你的代理，或你作恶的帮凶！我不会替你去征服永泊镇，也不会受你胁迫去做任何坏事。我只学习如何以奇迹锻工的方式使用真法——正常地使用，善意地使用。我说清楚了吗？”

“非常清楚。”

“还需要说明的是，作为协议的另一方，你承诺的是彻底的、永久的、不附带其他条件的治愈，包括所有遭受空心痘疹影响的奇迹动物——”

“克罗小姐，够了，时间短暂，不宜浪费。我不会违背我们的协议，也对空洞状态的奇迹动物毫无兴趣。他们跟我没有半点儿关系。还有，”他举起双手，似乎很生气，“我只要答应了就一定会做到。”

茉莉安深深地吸了口气。她不知道该不该相信他，但她别无选择。奇迹动物明天就要转出医院了，他们会面临着怎样的命运，谁也说不好。要阻止，就只能趁今晚。

她没再说什么，只是再次抬起双手。指尖相触的瞬间，他扑了过来，她迎了上去——其实他们都没动，但就像两股海流彼此交汇，融合成冰冷漆黑的汪洋一片。

这一刻，令人彻骨的透彻席卷而来。

茉莉安犯了个可怕的错误。这感觉就像赏金之夜的诡计巷道——涌进肺里的不是水，而是别的东西。

混乱。疯狂。能量。

不管究竟是什么，她都要被淹没了。她想抽回自己的手，但她做不到。两双手像磁极相吸一样，紧紧贴合着。危险，她的心跳说道，危险，危险，危险。

“冷静。”斯考尔的声音穿透了她的惊恐，犹如火光穿透黑暗。

“怎么回事？这是在干什么？”

“建立通道。跨越虚空的临时桥梁。冷静。”

感觉像是煎熬了很久，其实肯定只有一小会儿工夫。两股海流不再汹涌翻腾，平静下来了。茉莉安生出了一种极为奇怪的笃定与平和，就像指挥着一艘已经设定好方向的船——是她在指挥，但她无须掌舵。

在她的想象中，剧场里的演员可能就有这种感觉。或许，换上华美戏服、戴上反派角色尤菲利娜面具的钱达夫人，就是这样。她有些紧张，好像她戳进了斯考尔的皮肤里，也像斯考尔戳进了她的皮肤里。

“小乌鸦，小乌鸦，”她唱了起来，“黑黑的眼睛像纽扣。”

奇迹能开始聚集。但是，和她自己召唤的时候完全不同。斯考尔才哼出一个音符，奇迹能就呼啸着涌来，仿佛凭空掀起了一场暴风雨。

茉莉安原本以为，他经由虚空指导她时，会有一种被侵犯、被控制的感觉。可是不知道为什么，这种感觉很弱。几乎没有。

相反地，她感到自我在延展，在扩张，就好像突然在这个世界上有了一席之地。这和以前不一样，一点儿也不可怕。她的能量不是被偷走、被掠夺的，而是主动的协作。

电流的噼啪声在她的血管里奔涌，仿佛只要她愿意，就可以俯视太阳。她是势不可挡的，坚不可摧的，无可估量的。

她也终于理解了自己和斯考尔在能力上的鸿沟。这就是他的感受吗……从开始，到现在？

这就是成为奇迹锻工的真正意义吗？

他们肩并肩走在空荡荡的走廊上，茉莉安在一块玻璃窗格上瞥见了自己的影子。她很惊讶——甚至有些失望——她竟然还是原来的模样。整个宇宙都在身体里膨胀，外表怎么还是这样一个平平无奇的女孩儿？

然而，“平平无奇的女孩儿”模样没有维持太久。她每走一步，每经过一扇窗格，看到的影子都不一样。

这让她想起了迪尔伯恩变身为穆加特罗伊德，或穆加特罗伊德变身为路克时的情景。她看见自己的身体缩得又矮又小，头发变得灰白、纤细，四肢也瘦得干巴巴的。

“我这是怎么了？”茉莉安问道。她丝毫没有惊慌，有的只是懵懂和好奇。

“伪装。”斯考尔简单地说道。

他们走到通往隔离病区的橡木大门前时，茉莉安的影子已经变成了奎恩长老。可她低头看看自己的双手和身体，又发现它们根本没变。她不是“变形”了，是造出了“幻象”。

斯考尔挤过虚空。茉莉安看见自己的手推向门板，听见锁舌咔嗒一响，而双腿带着她，朝病房走去。一名护士立刻冲了过来，惊慌地愣住了。茉莉安径直穿过斯考尔的身体，仿佛他根本不存在似的——本来也没人看得见他，除了她。

“奎恩长老！隔离病区对所有人都不开放，哪怕是——对不起，请等一下！您没穿防护——”

“出去。所有人都出去。”茉莉安感觉到声带在振动，唇齿在发音，气流从口中呼出。可她不能相信，这句话竟然是自己说出来的；这声音毫无疑问，就是奎恩长老——细弱、沙哑、苍老，但暗含强硬的气势。值班的护士二话不说就照做了。“出去，关上门，任何人不得进入。”

整个病区只剩茉莉安和斯考尔。

当然，不只是他俩。这里挤满了大大小小的奇迹动物，有些躺在床上，有些关在笼子里，空间局促，很不舒服。他们大多服用了镇静剂，昏沉不觉，或者至少处于半睡半醒的状态，几乎不能称为“活着”。

“你能感觉到吗？”斯考尔问，“空的。”

“能。”

就是朱庇特描述的那样：空洞。每一个都是。茉莉安不能像她的资助人一样，看得那样透彻，但她能感觉到。这可能是她经历过的最为心慌的一刻——就像一阵恶心，但不是胃里，而是心里。不自然，不正常。

难怪安娜伊最近一直很不安。如果换作茉莉安每天围着这地方打转，她也一定会哭个不停的。

她探究地瞥了斯考尔一眼，只见他翻着眼睛瞪着天花板，显然不愿意直视那些奇迹动物——他也会怕，也会厌恶。茉莉安不由得怒从心起。

“都是你干的好事，”她压低声音，愤怒地提醒他，“看看他们。或许是冬洋党的主意，但终归是你干的。”

斯考尔没有回答。

沉默之中，茉莉安领着他穿过一间又一间病房，终于找到了她要找的人。

“索菲亚！”她叫着跑向她的朋友。奇狐蜷缩在一只小笼子的尽里面，吱吱嘎嘎地抓着金属格栅，发疯似的往后面躲。“索菲亚！是我！是茉莉安！你看看我啊！”

“她还在，”斯考尔说，“他们都是。我能感觉到他们……在某种边缘摇摇欲坠地支撑着……你也能感觉到，对不对？”

茉莉安含着泪点了点头。她明白他的意思。在索菲亚的意识深处，深埋着某种东西——藏得非常非常深，恐怕连朱庇特那样非凡的心法，也未必能感知。她的朋友没有离开。她只是伫立在悬崖边，哪怕随时就要跌下去，也仍然坚持着。

“把他们拉回来，这是能做到的，”斯考尔说，“但你确定我们应该这么做吗？你确定这是他们想要的吗？”

茉莉安转过身，正要严词指责他又在玩心理游戏，却一个字也没说出口。斯考尔正凝视着索菲亚，眉间挤出了皱纹。

“留下来，有什么好处呢？”他继续说道，“这个世界根本不理解他们，这个社会根本容不下他们。而我们只要轻轻一推，就能把他们推入彻底的空洞……他们不会有什么感觉的。这样或许对他们更好。”

茉莉安回过头，望着处于惊恐中的朋友。她将手指伸进笼子的格栅，发出了命令。干脆利落。

“恢复他们。”

这个过程缓慢、复杂、困难。茉莉安几乎理解不了。她的手以一种不可能的方式机械地上下移动，她的声音讲出了她闻所未闻的语调和语言——她像个旁观者，这太诡异了。她看着斯考尔驱使淡金色的奇迹能，像穿针引线似的，让它一遍又一遍地围绕、穿透每一个奇迹动物的身体，由内而外地重建他们的存在。失去的东西回归了，使他们成为奇迹动物的东西回归了。

斯考尔不是在罗织新的东西——和往伤口上贴神奇膏药不一样。他是在精准地兑现自己答应过的事：毁掉他创造出来的东西。除掉空心痘疹的影响。缓慢地，费劲地，一片一片，一块一块。就像格丽泽尔达·伯莱里将玻璃温室拆散打碎，让它最终化作一堆沙子，斯考尔也在使用“毁灭”真法，从内部消解空心痘疹。这过程有着难以形容的精妙，复杂程度甚至令人痛苦。茉莉安屏住呼吸，惊叹不已，每一秒都不想错过。

所有的奇迹动物都恢复了，他们仍然静止不动，像是处于恍惚之中。但茉莉安知道奏效了，她感觉得到。他们的意识回来了，像有重量似的，落进了病房里。

经过每一个笼子的时候，她把所有的笼门都打开了。

“他们还记得自己是谁吗？”茉莉安问斯考尔。

“记得。因为奇迹能记得。”他回答她，“奇迹能的记忆力非常好。”

他们最后治愈了索菲亚。茉莉安的心提到了嗓子眼儿。斯考尔完成了，他看了看自己的成果，又回过头来，望着茉莉安：“准备好了？”

她能感知病房里的奇迹能。它仿佛蓄势待发，只等一声令下。“准备好了。”

就在这一刻，奇狐睁开眼睛，眨了几下，聚焦于面前。

“茉莉安，”索菲亚轻轻地、好奇地说道，“是你啊。”

这六个字让世界恢复了原样。

整个隔离病区的奇迹动物一个接一个地恢复了知觉，就像海浪回到岸边那样轻柔。

斯考尔用阴影罩住了茉莉安。他们离开了。

在教学医院里往回走的时候，茉莉安感觉到自己和斯考尔之间的联结一点点地瓦解了。他织出的阴影渐渐消失了，但这不要紧，没有人注意她；苏醒的奇迹动物把所有医务人员忙得团团转。

在一条空无一人的走廊上，茉莉安停下了。她举起手，示意斯考尔也停下。

“现在要怎么样？”她警觉地问道。他不再从虚空中支撑着她，她的头脑和身体迟缓得离奇，就连简简单单地站着也要费好大的劲。

“啊，”斯考尔说，“当然。”

他低声吹响口哨，狼群便从阴影中钻了出来，眼睛像炭火似的亮着。它们把他俩围在中间，一圈圈地转了起来。狼群越转越快，渐渐地模糊成一片黑色的烟尘和阴影，其间夹杂着红光。而后连光也消失了，只有一片黑暗。

狼群隐去，四周重新亮了起来，茉莉安摊开的双手上出现了一张纸。

“这是什么？”

“读读看。”

奇迹锻工以斯拉·斯考尔与

奇迹锻工茉莉安·克罗的真法学徒协议。

此协议即刻生效，至双方协商同意时，

或学徒掌握九门真法

（包括拜谒相应神祇并获得其印痕）后失效。

下方空着签名的地方，分别标着“师父”和“学徒”。

茉莉安瞪着这张纸，眼睛眨了又眨。她的手上一点儿感觉都没有，好像这张纸是空气做的。她眯起眼睛，便能看见四周闪烁的能量。她试着将手挪开，果然，协议仍能留在原处，浮在半空。

“它是虚空中的，”斯考尔说，“不在这里。”

茉莉安皱起眉头。她猜错了。他们之前手掌相触时……根本不代表师徒关系就此达成。那并不是将他们捆在一起的某种仪式，是斯考尔想要治疗奇迹动物必须那么做。这意味着（思绪一层一层地推开），在没有任何约束的时候，斯考尔就已经履行了他的部分。这张纸才是协议。

前因后果在脑海里浮现，茉莉安觉得一切都不可思议，让人发晕。

她不需要再签署这份协议了！斯考尔已经治好了奇迹动物，而且还是在她的协助下完成的。此刻，她大可以一走了之，用不着给他任何回报。毕竟，她想要的，都已经得到了。

静默之中，斯考尔从虚空中伸出手来，将烈焰印痕按在纸上，烧焦的地方卷曲着拼成了小小的黑色签名。

“我不想教一个置身事外的冷漠学生，克罗小姐，我也对单纯完成义务的人不感兴趣。只出不进的净负载，我可不想要。我要的是继承人。

“你已经目睹了种种可能；你能成为的那种奇迹锻工，就站在你面前。开一扇窗，为的是你自己的未来。但是，如果你没有热情，没有渴望，没有想要爬出窗户握住自己未来的抱负，那么……还是把它关上吧。”斯考尔的声音轻得近乎耳语。他耸耸肩，流露出惯常的冷淡，可他目光中浓浓的黑色背叛了他。他没有看向别处。她也没有。“我不想勉强你接受协议。”

他是在虚张声势，茉莉安几乎就要相信这一点了。然而，在决绝平静的外表之下，她看见了他的恐惧，仿佛他已经放弃了，就要任由她背信弃义——关闭窗口，一走了之。

可是，她不会那么做。她做不到。

或许，在遥远未来的某一天，茉莉安回想起此刻，会觉得自己遵循了某种正直和高尚，遵循了脑海里的骑士所歌唱：你答应过的。言出必行，正派的品格要求她，必须信守诺言。

然而，在这个当下——在她伸出手，在纸页上烫出名字的当下——茉莉安并没有想到什么高尚，什么诚恳。她想的是刚才，身体里蕴含整个宇宙的感觉。那个宇宙消失了，但同时留下了巨大的空间，空旷而匮乏，装着她尚不自知的饥渴。

这饥渴说道：“再多些。”

回到病房，鼾声和呼吸声仍在宁静中此起彼伏。

茉莉安站在床边，抱起艾米特，紧紧地搂在怀里。这简单的动作消耗了巨大的决心和努力。她迫不及待地想要回到自己的床上，想躲进丢卡利翁大饭店的温暖和安全之中。她想回家。

走出教学医院，爬上三层楼，来到地面；离开傲立楼，穿着拖鞋和病号服，一路走到车站。茉莉安不知道花了多长时间，可能有好几个小时吧。她觉得是在拖着自己往前走；她不知道是疲惫的头脑支撑着疲惫的身躯，还是反过来。她只知道必须继续走——拖着脚，蹒跚着，一小步一小步地走下去。幽鸣森林里的小径黑漆漆的，树低沉地轻轻地喃喃自语，远处某个地方传来一声嚎叫；她突然意识到，自己应该害怕。要是在普通的日子里，独自一人摸黑穿越幽鸣森林，她肯定会害怕的。

但是现在，茉莉安太累了，顾不上害怕。

没有以斯拉·斯考尔的力量支撑，她脆弱的自我仍然沐浴在记忆里——身为真正的奇迹锻工的记忆。她将一直珍藏着这段记忆，就像随身带着护身符那样，就像此刻夹在她胳膊底下的破旧玩偶一样。指尖上的皮肤会提醒她，尽可能长久地保有这份记忆。

它支撑着她来到车站，钻进黄铜吊舱，来到 919 站台。它守护她走进黑色木门，经过更衣间，倒在卧室好心提供的轻轻摇晃的水床上，最终进入最深沉、最温暖的梦乡。她平安到家了；丢卡利翁大饭店里有她的家人。

致谢

首先，我要感谢你——我亲爱的读者。感谢你陪伴我和茉莉安在探险之路上走了这么远。你们热情、耐心，给予我无尽支持，希望这本书不会令你们失望。

而提到热情、耐心、无尽支持……就不能不提到露丝·奥泰。在这方面，她堪称王者。有你这样的编辑，真是我莫大的幸运。多谢你敏锐独到的眼光和善良美好的心灵。

能与梦幻团队合作，我永远心怀感激。阿尔文娜·凌、苏珊·奥沙利文、雷切尔·韦德、萨曼莎·斯文顿、卢吉亚·达乌德，感谢你们为出版这套书所奉献的专业知识、才华、创造力和资源。

“永泊镇”系列的出版团队——阿歇特童书，阿歇特澳大利亚及新西兰，立特·布朗童书——精英辈出。多米·金斯顿、尼古拉·古德、菲奥娜·埃文斯、凯蒂·卡特尔、塔尼亚·麦肯齐－库克、凯瑟琳·迈克阿纳尼、路易丝·舍温－斯塔克、希拉里·墨里·希尔、梅根·廷利、梅尔·温德尔、菲奥娜·哈泽德、让马里·莫洛辛、海伦·休斯、塔希·威瑞、黛朵·阿雷利、凯瑟琳·福克斯、杰米娜·詹姆斯、安德鲁·科恩、卡特琳·墨菲、克里斯·塞姆斯、丹尼尔·皮尔金顿、海利·纽、伊莎贝尔·史塔司、凯特·弗拉德、Keira Lykourentzos、莎拉·霍姆斯、肖恩·库彻、索菲·梅菲尔德、卡斯·菲尼、詹妮·托珀姆、卡西·纳卡德、艾玛·拉什、苏西·马多克斯－凯恩、艾莉森·肖克史密斯、萨夏·博格利、艾米丽·普罗斯特、比尔·格雷斯、萨凡纳·科纳尔、维多利亚·斯泰普尔顿、米歇尔·坎贝尔、珍·格雷厄姆、维吉尼亚·劳泽，你们每一个人都以极大的热情和专业的技能勤勉工作，我对你们的感谢无以尽表。

感谢才华横溢的吉米·马德森和汉娜·派克创作的令人惊艳的插图；感谢艾莉森·帕德利、萨纱·伊林沃思、赫里斯塔·墨菲特，以及安吉利·叶出色的封面设计。感谢你们让这本书更加精致，更加漂亮。

非常感谢珍妮·本特、莫里·科尔·霍恩、阿米莉亚·霍奇森、维多利亚·卡佩罗，本特工作室的每一位，以及库珀团队的诸位梦幻作家。出版这一行就像奇幻世界，而救生艇上坐满了互相支持、彼此鼓励的人，这感觉实在太美妙了。你们的工作如此非凡，也一直激励着我继续向前。

感谢凯瑟琳·多伊尔给了我“弗莱姆瑟”的灵感（我早就告诉你它会出现在第三部了）。最初的故事我已经记不清了。是在切尔滕纳姆音乐节后的冰冷火车站上提起的？还是一次莫名其妙的误听打岔？我真的忘了，但它确实让我开怀大笑。

感谢“永泊镇”系列有声书的配音演员杰玛·韦兰。你用声音将书中的世界和人物塑造得栩栩如生，既有趣又感人，我听到时的惊喜无法言表。说实在的，你这么有才华，对别人来说未免显得有些过分，但是，别控制，请继续。

我的书如今已拥有四十多个译本，感谢出版机构和众位译者将它送到了孩子们的手中。我曾有幸与你们中的一些见面，你们的严谨、技巧和对细节的把握实在令我汗颜。非常感谢你们对这套书所做的一切。

感谢，感谢，还是感谢。感谢书商、图书馆员、教师、各平台书评博主。感谢你们如此厚爱永泊镇和奇迹锻工，并将这份爱传递出去，感染更多人。你们对童书的支持，使世界变得更加温暖、更加美好、更加神奇。

感谢我的家人和朋友，你们给予我无尽的爱和支持。我要为谢莉·戈登－哈里斯大声喝彩，她既是家人也是朋友，多年来为我腾出了各种沙发、餐桌、行军床，让我将“永泊镇”系列铺陈开去。还有克洛伊·马斯格罗夫，感谢你为我解答关于剧院的种种问题（有些非常具体）。

我的经纪人，我的好朋友——嘉玛·库珀，你就像一头母狮子，既通情达理又明媚积极，没有比你更捧场的伙伴、更炫酷的同事了。我们已经火花四射地合作了五年，要是没有你，我肯定什么也做不成。多谢你一直支持着我。

最后，感谢我的老朋友萨尔（他也是《what’s that semll?》的幕后推手。这本书让我俩笑得前仰后合、形象全无，但这也不新鲜了）；感谢我的母亲。妈妈，你是我所见过的最了不起的人，你就是我的丢卡利翁大饭店。